U0146303

长篇历史小说

何辉·著

大宋王朝

II

大地棋局

作家出版社

图书在版编目（CIP）数据

大宋王朝．大地棋局／何辉著．—北京：作家出版社，2021.11

ISBN 978-7-5212-1338-6

Ⅰ．①大… Ⅱ．①何… Ⅲ．①长篇历史小说—中国—当代 Ⅳ．① I247.5

中国版本图书馆 CIP 数据核字（2021）第 019400 号

大宋王朝：大地棋局

作 者：何 辉

策划统筹：向 萍

责 编：乔永真

装帧设计：曹永宇

出版发行：作家出版社有限公司

社 址：北京农展馆南里 10 号 **邮 编：**100125

电话传真：86-10-65067186（发行中心及邮购部）

86-10-65004079（总编室）

E-mail:zuojia @ zuojia.net.cn

http://www.zuojiachubanshe.com

印 刷：唐山嘉德印刷有限公司

成品尺寸：152×230

字 数：139 千字

印 张：11.5

版 次：2021 年 11 月第 1 版

印 次：2021 年 11 月第 1 次印刷

ISBN 978-7-5212-1338-6

定 价：43.00 元

目　录

卷
一

一

初春的开封城内，乍暖还寒。一群群灰色的麻雀停在枯树的枝头，仿佛约好了一起在这些枝头等待某个重要时刻的来临。偶尔，在麻雀群中，会飞起几只腹部长着白羽毛、背部黑羽毛中夹杂着青绿色灰羽毛的喜鹊。它们扇动着宽大的黑色翅膀，姿态优雅地飞几下，然后滑翔到一个新的落脚点，垂着长长的尾，优雅地站定。它们似乎并无意于同麻雀们争夺那些枯树细细的枝头。这些比麻雀体形大得多的喜鹊，有的不经意地在一些没有被麻雀占据的枝头停住，有的则落在灰黄色的草地上，稍显呆滞地悠闲地踱着步。

然而，因黄袍加身而登上帝位的赵匡胤却并不悠闲，王朝的处境令他深深陷入痛苦之中。杀伐太盛的五代，可谓江山沥血，山河鸣咽。宋王朝初立，全国各地经过五代的战乱，大片的田地荒芜，许多村庄荒无人烟。四处都有饿死的人、被强盗杀死的人，这些可怜的人的尸身，有的被好心人草草掩埋，更多的则是曝于野外，被野狼、野狗和吃腐尸的秃鹫吃得只剩下白骨。若不是经过一个寒冷的冬天，疾病也许会四处肆虐。可是，当春天来临，冰雪渐渐消融，那些被冰雪掩盖的白骨，那些被冰雪封冻的僵尸，又会慢慢露出来，在春暖花开的季节里，以令人震惊的方式呈现杀戮、腐败和残酷的可怕痕迹。

对于奉命来到京城的昭义节度使李筠，赵匡胤还抱着一丝希望。如果李筠能够接受他的命令去青州赴任，潞州的军队将脱离李筠的节制，宋王朝就可消除来自潞州的威胁。但是，事情并非如赵匡胤所想象得那样容易。几日前与旧日的恋人、如今李筠的小妾阿琨的会面，使赵匡胤深刻地意识到，局面正在恶化。他知道，尽管棣州刺史何继筠在滴河击退偷袭的契丹人，暂时消除了李筠可能趁机起兵的威胁，但是没有任何迹象表明契丹人受到了致命的打击，也没有任何力量可以保证契丹人会断绝与李筠的暗中勾结。赵匡胤决定必须采取一些措施。

这天夜里，在开封城内李筠下榻的驿馆外，一个高大的身影从黑黢黢的夜色中走出来，慢慢靠近驿馆。驿馆门口挂着两盏红灯笼，在微风中轻轻晃动，发出两团红色的光，费力地与没有边际的黑暗抗争着，颤颤巍巍、好不容易地照在了来人那张看上去像块僵硬花岗岩的脸上。被微弱的灯笼光照亮的脸，是刚刚因屠杀了韩通全家而被赵匡胤降职的王彦升的脸。灯笼光照在他的眉角上，在眼窝里制造了阴影，掩盖了那双三角眼中阴森的眸子。

王彦升原为后周散员都指挥使，兵变建宋后，被授予铁骑左厢都指挥使。左右厢之名称始于唐肃宗至德二载，是禁军的编制名，宋代铁骑左厢隶属殿前司，铁骑左右厢是上四军之一，可谓殿前司骑兵诸军的主力。"铁骑"番号源于五代"小底"番号，后周显德元年十月，大力整顿禁军，这一时期，将"小底"番号改为"铁骑"。赵匡胤为后周禁军统帅之一，对禁军番号颇有感情，建宋以来，便沿用了后周定下的禁军"铁骑"之号，对这支骑兵部队依然甚为重视。铁骑左右厢和控鹤左右厢由铁骑、控鹤左右四厢都指挥使统率，铁骑、控鹤四厢都指挥使是殿前司铁骑、控鹤最高指挥官。其下，有铁骑左厢都指挥使和铁骑右厢都指挥使。虽然王彦升在陈桥兵变前后职衔都属于禁军编制系列，但是，散员都指挥使是殿前司散员本班最高长官，属于班值资次，是最亲近皇帝的随身扈从，乃是皇帝亲信，而铁骑左厢都指挥使属于殿前司各军资次，况且受到铁骑、控鹤四厢都指挥使的指挥，只是禁军上四军之一中左厢的长官，不及散员都指挥使有实权。王彦升自以为杀韩通立下大功，原盼着被授予节钺，当一个统领一方的节度使，未料到反而被新皇帝疏远，因而心中怨恨早已暗暗滋长。

在摇曳的灯笼的光团中，王彦升一个人鬼鬼祟祟地走到驿馆门前，见看门的两个士兵瞪着眼睛，用一种吃惊中带着畏惧的眼神望着他。他也并不慌张，从系于护腰的革带上解下一个布囊，叮咣叮咣摇了几下，便向其中的一个士兵递过去。王彦升此时未穿战时铁甲，头上亦未戴兜鍪。他只束着巾帻，身上则穿了日常值勤所穿的战袍，围着包肚束腰，下着缚裤与长筒软袜，足下蹬履。那士兵此时显然已经认出了来人是谁。自陈桥兵变王彦升屠杀韩通一家后，关于他的传言早已经在军中与民间传开。驿馆门口的两个士兵恰好之前都曾见过王彦升，传言则使王彦升的形象在他们的心中多了许多传奇色彩。此时，当王彦升突然出现在驿馆门口，他们怎能不感到吃惊。

"记住，你们今晚没有看到过我。这个，你哥儿俩就拿去喝两杯老酒吧。"王彦升冷淡地说道。

那个士兵用粗大的黑色手指扯开紧紧束着的布囊口，瞪大眼珠子往里看了看，估摸着里面起码装了五六十文铜钱，便开心地咧了咧嘴，向他同伴看了一眼。另一个士兵会意地点点头。

王彦升显然对两个看门军士的反应很满意。但是，他并没有马上进门，而是神经质地扭动脖子，往身后狐疑地看了看，这才往驿馆大门内走去。

在驿馆的斜对面，马路边有一个馄饨摊子还未打烊。摊子门口两边的竹竿架子上，各悬着两个红灯笼，发出暗弱的红光。在竹篾编成的篷盖下，一个老妇人正掀开锅盖，用一把勺子从热气腾腾的锅中舀出馄饨倒入一只青瓷海碗中。旁边，一个扎着头巾的老汉从老妇人手中接过那碗热气腾腾的馄饨，小心翼翼地端到离炉子几步远的一张木桌子上。在将馄饨放在客人面前后，老汉似乎不经意地看了看驿馆大门，正好看见王彦升匆匆忙忙走进驿馆。

不一会儿，在王彦升来的那条路上，漆黑的夜色中又慢慢现出一个影子，有一个人骑着一匹高头大马，"嘚哒""嘚哒"，不紧不慢地往驿馆门口走来。

骑马人是新皇帝的弟弟赵光义。他头戴一顶带有斗篷面幕的风帽，身穿带着唐代遗风的窄袖襕衫。当马儿走到驿馆门前时，他重重地勒了一下手中的缰绳，站住了。

赵光义缓缓掀开风帽，头上露出唐式软幞头，冷静地朝驿馆大门看去。驿馆门口那个刚刚收了王彦升钱财的士兵，借着红灯笼的光，看见了赵光义的脸，很快认出了他，脸皮由于紧张而抽搐了几下，赶紧低头鞠躬。

赵光义沉稳地下了马背，牵着马，脚步坚定地走向驿馆大门，笔直地走到看守大门的两个士兵面前。他用锐利的眼神瞟了瞟两个士兵，便将马缰绳交给了其中的一个。

"别忘了松松马肚带。"

"是！大人。"

"听着，如果你们两个嘴守不住，等虫子将你们的尸体吃光，别人也不会知道。"

赵光义冷冷地丢下一句话。

两个看门士兵听了，身子仿佛被寒冰刺穿，都是剧烈一颤，随后便像中风一般，几乎跌倒。

那个接了缰绳的士兵歪着脑袋，斜着眼睛看了一眼走进门去的赵光义，眼中闪烁着恐惧与困惑的光芒。

街对面卖馄饨的老汉，此时又警觉地朝驿馆大门看了一眼，仿佛要把看到的所有一切都刻在自己的脑海里一样。老汉看到了走入驿馆大门的赵光义，没有流露出任何诧异，若无其事地转回头，走到另一张客人刚刚离去的桌子前，手脚麻利地收拾起桌上的碗筷。这个时候，一个胖乎乎的路人，一摇一晃地来到馄饨摊前，大声招呼："老板娘，来一碗馄饨！"

卖馄饨的老汉接过话头，满脸堆起笑容道："不好意思，客官，天晚了，刚刚打烊了。"

"这做的哪门子生意？真是的！"胖子满脸怒色，摇头晃脑地离开了。

卖馄饨的老汉低着头，手脚麻利地收拾起桌上的碗筷，脸皮开始慢慢绷紧了。"得赶紧去向赵大人汇报。"

老汉心里想着，加快了手上的动作。他只是一个卑微的人，但是，他知道自己正在做的事情很重要！

"老婆子，待会儿这位客官走了就打烊。你且招呼一下，俺往西大街那边去去就回。"卖馄饨的老汉向老妇人使了个眼色，脚步匆匆地离开了馄饨摊，往街上行去。

这时，在离馄饨摊四五十步远的阴影中有一个人，正用狐疑的眼神看着匆匆走远的卖馄饨的老汉。

二

在昭义节度使李筠接旨到达京城开封的几天后，赵匡胤带着
几个侍卫近臣来到开封城旧封丘门的门口视察。

旧封丘门位于开封城内城北城的东侧。这个城门之所以叫旧
封丘门，是因为它在唐代便建成了。

唐德宗建中二年，节度使李勉增建汴州城①。最初，汴州城叫
作阙城，也叫坚城，该城池周围长度二十二里，东有二门，北边
那个叫旧曹门，南边那个叫丽景门；南城有三门，自西向东依次
为崇明门、朱雀门、保康门；西城有二门，自南向北依次为宜秋
门、阊阖门；北城自西向东有三门，依次是金水门、景龙门、旧
封丘门。

后梁、后晋、后汉、后周都定都汴州城，汴州城这座古老的
城池久经风雨，多有损坏。周世宗显德二年，雄才大略、不甘平
凡的世宗下诏建设新城。新城建在旧城的外围，又叫外城。建成
的新城，周围长度五十里一百六十步，是当时中原地区最大的城
池之一。新城东有二门，自北向南依次是金辉门、新宋门；南面

---

① 汴州城：即开封。

有三门，自东向西依次是宣化门、南薰门、广利门；西面也有三个城门，自南向北依次是新郑门、万胜门、固子门；北面有四个城门，自西向东依次是卫州门、旧酸枣门、新封丘门、陈桥门。

从开封城外进入新封丘门后，沿着新封丘门大街一直往南，便是旧封丘门。旧封丘门是开封内城东北角重要的门户。

不论是旧城城门，还是新城城门，在开封居民的眼中，如今都已经是身边熟悉的事物了。时间静静流过，用不了几年时间，人们便会对那些曾经以新面貌出现的事物熟视无睹。于是，听任它们在岁月中沉默、老去、消亡。它们即便在今后的岁月中再出现一些变化，一般也不易被察觉到。因为，人们往往会以为，它们早已经存在，它们就是那样了，它们就该是那样，不会再变化了。其实，它们一直在变，只不过在忙忙碌碌、喧嚣嘈杂的红尘中，被忽视了。

其实，在很多时候，人对人的态度又何尝不是如此。

那些不会言语、不会呼喊的城门，都经历了或长或短的风雨的洗礼，有的甚至经历了刀枪的砍刺，经历了烈火的烧灼；所以，各自呈现出不同的面貌，有的城墙坑坑洼洼，有的垛口面裂角缺，有的砖砌的城墙覆盖着青绿色的苔藓，有的土筑的墙面暴露出风雨侵蚀后留下的沟壑和洞罅。不过，无论怎么被忽视，怎么被摧残，它们都袒露着自己的躯体，淡然地仰着头，安详地静静耸立着，蕴含着在岁月中沉淀的无尽哀愁，却又显得无忧无虑。每当阳光照射着它们的躯体与面容时，它们甚至还流露出孩童般的天真和无由的喜悦。

自陈桥兵变登基后，赵匡胤一方面致力于稳定朝政，一方面积极备战，以防各地节度使可能发生的叛乱和北部契丹的入侵。因此，视察开封各处城门的修缮和防备成了他日常必做的一项工作。

旧封丘门内，是杨楼街。杨楼街往南，便是马街、马行街、东华门街、皇建院街等繁华的街市。在这些街市上，密布着各种小食店、绸缎铺，还有几处妓院和瓦子，平日里熙熙攘攘，甚是热闹。旧封丘门不仅是进入开封内城的重要门户，而且与内城的繁华街市相通，每日交通自然非常繁忙。这日，赵匡胤选择旧封丘门作为重要的视察对象，绝非心血来潮。

旧封丘门的城门，是用砖砌筑的，城门上设有城台，城台修设了垛口，如果有敌人入侵，凭借该城楼坚固的墙体和垛口，城内的驻兵足可以抵挡一阵。城台上的城楼算不上高大，只有一层，面宽三间，四根巨大的立柱支撑着单檐歇山式的屋顶，屋顶覆着筒瓦。如今，筒瓦上长满了灰黄色的、浅绿色的、深绿色的、暗褐色的各种杂草，它们或长或短，或疏或密，在那单檐歇山式的屋顶落脚生根，成为这个古旧城楼不可或缺的伴侣。而这座简朴庄重的城楼，仿佛历经沧桑的老人，默默地伫立着，不动声色地瞧着红尘的喧嚣。

这天辰时，在旧封丘门冲着城内的圭形城门门洞附近，有一个卖艺的正在表演，穿着各色衣服的路人围了一圈看热闹，挡住了赵匡胤一行前行的道路。

矮小敦实的李处耘见前面乱哄哄的人群挡住了道路，立刻黑了脸，在黑色大马的马背上扭头看了赵匡胤一眼，粗壮的身体微微一晃，手中马鞭往人群一扬，粗声大喝："喝，喝，都让开来咯！"

赵匡胤见李处耘想上前去喝开人群，在马背上微微一举手，示意他休要动粗，同时沉声道："老百姓讨个生计，不用为难他们。我们下马走一段就行。"这时，赵匡胤看到那群看热闹的人群外围，一个断了两腿的男人，正用双手撑着地面，半匍匐着趴在地上，面前放着一个缺了口的破碗，已经剩下半截的身子，里外套了不知几层脏乎乎油腻腻的破布衣，他正麻木地冲走过来看卖艺的人和从热闹人群中离去的人磕着头，乱蓬蓬的头发随着头的一起一落，如同风中摇摆不定的一丛乱草。这个没了双腿的乞丐，匍匐在看卖艺的人群的外围，希望能够沾点光，多得到几枚赖以维持生计的铜钱。看到这情景，赵匡胤感到心头绞痛起来，不禁惭愧地避开了那断腿乞丐的无神目光。

那可怜的人，他是怎么失去双腿的呢？是生来如此，还是战乱中所致？是啊！有时我们对牛、对马，比对人还客气。一个卑微的人，因为他们无法在出生时选择有钱有势的父母，他们也许一生都要在街头流浪，像狗一样讨生活，像老鼠一样在阴暗的角落里谋生。我在马上打天下，我还没来得及仔细看看这些可怜人的生活细节！这是另一种形式的与世隔绝啊！但是，这些看热闹的，这些在纷纷扰扰的闹市艰难谋生的人，也许早已经看惯了那些可怕景象，早已经看惯了那些比他们更加悲惨的人，早已经看惯了那些卑微得无法言说的人。冷漠啊！冷漠！我绝不想成为那样的人！可是，我究竟能做些什么来改变这些悲惨的人的命运呢？我究竟能改变多少呢？五代的连年战争在我大宋国土上留下了溃疡烂疮。要做的事太多了！

好吧，好吧！如果恶与黑暗永难绝灭，那就让我带着心底的光与希望，奉陪它到底！

不，不，这样说是不对的。我何尝比别人高明多少啊？我的内心，不也是常常被冷漠占据了吗？难道我拯救了那些悲惨的流浪者吗？我甚至没有保护好我的亲人啊。好吧，好吧！那就让我带着我的罪，去同恶与黑暗战斗吧。好吧！如果注定要在黑暗中战斗，那就让我与黑暗战斗到底吧！

一连串的想法像闪电一样划过他的脑海，他慢慢勒紧缰绳，用右手轻轻拍了拍枣红马的脖子。每次下马之前，他都喜欢这样拍拍它，仿佛是与老朋友打招呼一样。

在做完这个习惯性动作之后，赵匡胤左脚在马镫上一用力，身子往前微微一俯，跟着迅速一扭腰，已然腾身下马。在落地的一瞬间，他感到腰背微微一痛，估计是某处肌肉有些拉伤了，不禁暗暗骂了一句："见鬼！估计是近来在马背上的时间少了，竟然连下马也能拉伤！"

自上而下的表率作用往往比大话、口号要有效得多。既然皇帝率先下马步行了，大臣与侍卫们又能再说些什么呢。

"处耘，你去给那断腿乞丐送些铜钱！"赵匡胤对李处耘说道。

李处耘瞪大眼睛，犹豫了一下，道："是！"说着，离开了队列，往那乞丐处走去。

赵匡胤则自己牵着马缰绳，慢慢往前走去。此时，他的侍从们也都已经纷纷下了马，跟在他的身后，慢慢走过人群。

经过人群时，赵匡胤好奇地往里看了一眼，只见当中一个瘦子舞剑如风，剑风飕飕，剑影飘忽，一看便知剑术造诣不浅。舞剑人的目光与赵匡胤接触了一下，随即移开。赵匡胤也不在意，报之以微微一笑。

那舞剑人的旁边，蹲着一个年轻人，有些驼背，弯着腰，拿着一个铜盘子，正微微低头，谦卑地接着观者扔来的铜钱。在赵匡胤看舞剑人的那一刻，那个微微驼背的年轻人用阴毒的眼光瞥了赵匡胤一眼，随即深深地低下了头。不过，赵匡胤并没有注意到热闹人群中的那个年轻人，更没有留意到那蕴藏着仇恨的阴毒目光。他的心思，正琢磨着如何应对更为棘手的事情。

那驼背的年轻人不是别人，正是在陈桥兵变中被害的后周侍卫亲军马步军副都指挥使韩通之子韩敏信。而那个舞剑的瘦子，则是侥幸从杀戮中逃脱的韩通的门客陈骏。原来，韩敏信此前为报父仇，潜出开封，到潞州怂恿李筠叛宋，随后回到京城，便与陈骏会合。两人商量很久，寻找各种时机观察赵匡胤的行动，希望能够等到机会展开刺杀行动。

韩敏信在汴河边游荡了多日，从沿河的居民口中探听到新皇帝常常视察汴河疏通工程。让他不能忍受的是，那些愚蠢的居民竟然对新皇帝给予很高的评价。他心里暗暗想，这个新皇帝还真能演戏，假惺惺装仁义装爱民，不过要不了多久，肯定会露出他丑恶的嘴脸。这个新皇帝杀了自己好心肠的父亲，他怎么可能是个好人呢？！他在睡梦中，不知将新皇帝诅咒了多少遍。

汴河两岸悄悄从枝头生出的绿柳叶，并没有在韩敏信冰冷的心中唤起丝毫的暖意。几日前，他在汴河边的一艘小船上仔细观察了新皇帝的行动，但苦思数日，也没有想出刺杀新皇帝的好办法。他很清楚，刺杀这个新皇帝可不是一件容易的事情。不管怎样，人总得先活着。经过前番的遇险，再去大相国寺卖字画是不行了，为了谋生，也为了等待机会，韩敏信便想出了让陈骏卖艺、自己帮着收钱的办法。

当赵匡胤从距他十余步远的地方经过时，韩敏信发现自己的心紧紧地缩了起来，他不禁暗暗后悔。没有想到杀父仇人竟然这样出现在自己的眼前，如果此时能有一把弓弩、一支带毒的利箭就好了！可是，他随即又想到，即便给一张弓，自己肯定也不会射，更别说一箭射杀仇人了。也许就是因为这个原因，他突然之间又思念起死去的父亲。"父亲，你曾经要我学射箭学用弩，可是我执意不学。为此我与你争吵，与你耍性子。那时，我就是讨厌你，你想将我训练成让你自己满意的儿子。可是，我讨厌打打杀杀啊，我不想学射箭，不想学用弩，不想学杀人！不过，父亲啊，现在我知道，你是对的。在这乱世，不是你杀了别人，就是别人杀了你！父亲啊，我终究不能成为你希望的儿子！"他恨恨地想着，在黑暗的仇恨情绪中，又夹杂着对死去父亲的歉意以及桀骜不驯的抵触心理。他曾几次想站起身冲到仇人面前，但还是忍住了。不能去送死！我没有荆轲的武艺，也没有荆轲刺秦的障眼法，这样冲上去等于送死！忍耐！忍耐！他将阴森的眼光投射在脚尖前那块灰色的土地上，看到几只蚂蚁前呼后拥，正执着地搬运着一小块食物的残渣。那块残渣黑乎乎的，油腻腻的，不知是肉，是面，还是其他什么东西。他紧紧咬着牙，将头垂得更低了。

此刻的赵匡胤，于不经意间在自己仇人的眼皮下慢慢走过，并没有意识到藏在自己身边的杀机，并没有意识到死神的幽灵一度蹲伏在他的身旁。

赵匡胤也同样没有意识到，除了潜在的叛乱与可能遭遇的暗杀之外，在这个新近建立的王朝里，还正酝酿着一个更加可怕的阴谋，它比公开的叛乱更隐秘，更防不胜防。

赵匡胤带着几位大臣视察了旧封丘城门的秩序后，沿城门一侧的台阶登上城楼。赵匡胤往城墙的垛口走去。他走到一个垛口前，站住了，伸出两只手扶着垛口的两侧，远远往北面看去。天空很晴朗，他可以看到不远的北方，新封丘门更加高大巍峨的城楼高高伫立，在蓝色的天空中形成一道灰色的屏障。

每当看到高大巍峨的城楼，赵匡胤心中都会涌起一种自豪感，与此同时，也会有一种热血上涌、头皮发麻的感动。因为这些城楼，总是让他回忆起自己经历的无数次惨烈战斗。如今，他渐渐意识到，自己成了一国之君，也许今后还要发生战斗，但他恐怕再也无法亲自参与，无法像其他战士一样冒箭雨、闯刀阵了。他为此感到微微有些遗憾，但是他并不后悔。他知道，自己还要想尽一切办法来减少杀戮，要尽力避免不必要的战争，但是，如果必须一战，他将全力以赴。

他静静地站在城楼的垛口前。风迎面吹来，带着初春大地的清新气息。他微微扬起脸，迎着风的方向，感觉到风轻柔地抚过他那早已在战斗的风霜中变得粗糙的脸庞。他向远处望去，他的目光，越不过远处新封丘门那道灰色屏障，但是，他却仿佛看到了在那灰色屏障之外，灰色和绿色的田野向北方绵延伸展，许多农人已经在田地中劳作；他仿佛看到了那田野一直延伸到遥远的北方，那里是燕云十六州，那里有绵延起伏的燕山山脉；他仿佛看到了在燕山之北，辽阔的大地覆盖着皑皑白雪，河流尚未从冬日的寒冰中解冻，在初春的阳光之下反射着银色的寒光；他仿佛看到了在更加遥远的北方，那里有无边无际的森林与巍峨高耸的雪山。那里的百姓，是否正将白雪投入火焰上的釜盆？是否正从冰窟窿中打捞出大鱼？是否也期待着与家人围着火炉，美美吃上一顿饱饭？是否也默默向天地祈祷，希望能够与家人共享天伦，平安终老呢？尽管他曾经转战四方，但他还没去过那遥远的雪国地带。对雪国地带的联想，完全是因为燕云十六州而引发的。是啊！迟早，我要收回所有的燕云之地。在那之后，也许我大宋方有资格与辽和议太平。欲达太平，我必自强！在这之前，还有很多事情要做啊！不必要的战争，还要尽力避免啊！

为此，赵匡胤已经做出了很多决定。登基后不久的春正月己酉日，他下诏重新在安州设立安远军，在华州设立镇国军，在兖州设立泰宁军。

安州位于江陵府的东北，在后周时为防御州，唐开元时期户口达二万二千多户，宋初户主数为四千二百多。可见，唐末五代以来，百姓的流离失所是多么地严重。安州州境东西三百里，南北二百七十里，东北至都城开封一千一百余里，西北至西京一千二百里，西北至长安二千二百里，取道随州路程要近一些，为一千五百九十里。汉、三国、两晋之时，宋安州地域置有安陆县，属江夏郡，郡城在涢水之滨，一名石僮古城，云梦之泽就在此地，属于战略要地。安远军的设立，使大宋便于防备荆湖、南唐。

兖州位于开封的东北，沿着开封与它连线的延长线，一直可以到达海边的莱州、登州。登州隔海与大辽相望。在登州，赵匡胤加强了水军的建设。兖州在唐开元时期便有户口六万七千多，如今，最新的报告说有户主一万零二百多。根据魏仁浦的汇报，赵匡胤知道兖州莱芜县，乃是古来冶铁之所，有一十八冶所。这对于加强军备而言，实在是具有重要价值。赵匡胤在兖州设立了泰宁军，西可钳制大名府，北可呼应棣州，东北可支援远在海边的莱州、登州，以防备契丹人自北面或海上入侵。

华州，远在西京之西，在华州重设镇国军，实为一种暗示：新王朝重新注重西北。华州在唐开元年间户口一度达三万零七百多，宋初，户主约为一万零一百多。在华州设立镇国军，同时使京城在西面的防御得到了加强。华州东至都城开封约九百八十里，至西京约六百里。如此一来，都城西面，华州、西京实际上构成了两个防御要地。

赵匡胤在这三处重置军镇，看似漫不经心，实际上经过了深思熟虑。他如今可以运用他的权力运筹帷幄了。他现在开始慢慢尝试着去运用这种几乎是天下无双的权力，尽管这种尝试非常艰难。说这种权力几乎天下无双，是因为在当时，各地节度使依然拥有即便是皇帝也不可小觑的权力。

唯有对正北面地区，赵匡胤似乎有意没有下新棋子。但是，这不是因为他遗漏了北面，也不是他不重视北面。实际上，北面有着对新王朝有重要影响的军事力量、政治力量。

在内心最隐秘的角落，赵匡胤清楚地知道，之前他没有杀恭帝，没有杀世宗的遗孀符皇后，不仅仅是出于对周世宗的感恩，也不仅仅是出于对孤儿寡母的怜悯——尽管在他的内心，这种出于天性的怜悯确实非常强烈，同时还因为他担忧周世宗的老丈人、符皇后的父亲——天雄节度使、魏王符彦卿的反应。

天雄军的镇所，正是开封北面的大名府。符彦卿乃是前朝宿将，勇猛过人，曾经在定州之战、澶州之战、阳城之战等几次战役中力挫契丹人，杀得契丹人胆破心惊，令契丹人畏之如虎，称他为"符王"。陈桥兵变之时，符彦卿正在坐镇大名府，其兵威北可加于契丹，南可加于新王朝的都城——开封。赵匡胤也不会忘记，符彦卿还是自己弟弟赵光义的妻子汝南郡夫人符氏的父亲，而自己的弟弟赵光义实是周世宗的连襟。符彦卿的儿子，汝南郡夫人符氏的两个兄长符昭愿、符昭寿也都手握重兵，智勇过人。符彦卿的同僚、门生更是遍布各地，势力盘根错节。面对符彦卿这样富有威望的前朝悍将，他自然不敢掉以轻心。所以，他以怜悯之心，将符皇后母子迁到西京，也算有安抚符彦卿之意。而符彦卿为了自己的女儿和外孙似乎也不想与赵匡胤兵戎相见。作为一种示好，符彦卿在正月丁巳日上表请求呼名。赵匡胤下诏不允符彦卿的请求。不仅如此，赵匡胤还加封符彦卿为太师，安抚之意更是一目了然。

除了稳住符彦卿，赵匡胤还积极调兵遣将，提拔亲信，一是为了笼络重要将领，二是为了使一些将领转换统辖地区，削弱诸将对原有节镇的统辖力。兵变之后，他没有让石守信回到原来的节镇义成军，而是让他赴宋州担任归德军节度使。宋州在开封的东南，让石守信坐镇宋州，实际上是赵匡胤在京城与淮南之间布下了一颗重要的棋子。他一直对淮南节度使李重进不放心。世宗在位时，张永德曾经与他密议，说李重进有拥兵反叛之意。后张永德上书世宗，世宗未予理睬。但是，赵匡胤却从此对李重进产生了戒心。他对李重进的戒备，还因为李重进与韩通一向交好。韩通在兵变中几乎全家被杀，只剩下一个不知所踪的孤子，这件事，究竟会对李重进产生什么样的影响呢？赵匡胤不止一次用这个问题问自己。

赵匡胤同时将原来的江宁军节度使高怀德调到了卫州，接任原来石守信的职位——义成军节度使。卫州在开封西北，澶州之西，是京城开封的重要门户。对高怀德的调任，显示了赵匡胤对他的高度信任。赵匡胤还同时任命高怀德为殿前副都点检，可谓将高怀德视为亲信，寄予厚望。

对于南方的南唐，赵匡胤也不敢忽视。二月癸丑，他释放了后周显德年间的降将周成等三十四人，还派了专人护送他们回到故国南唐。

是啊！大地是一副棋盘，稳固新王朝并统一天下就是一局棋！每走一步，都必须慎重，否则，后果不堪设想。五代之中，没有哪个臣子在道德上没有丝毫瑕疵！世间所有活着的人，为了生存，仿佛都挣扎在鲜血淋漓的角斗场中。血浓于水的亲人，昨日还彼此交好，今日便可能成了仇家；生死之交的战友，昨日还歃血为盟，今日便可能兵刀相向；即便山盟海誓的恋人，昨日还如胶似漆，今日便可能将彼此恨入骨髓。"不用说别人，我不就是背叛周世宗的逆臣吗！"赵匡胤在心里，用深深的自责提醒自己，就如同用毒药来刺激自己麻木的神经。这种刺激方式，让他内心痛苦万分，但是他没有其他的选择，他知道自己必须清楚地认识到这个事实。

所以，对于自己亲弟弟的丈人、弟媳的父亲——符彦卿，赵匡胤也暗中采取了防备，下了两颗重要的棋子。他防备符彦卿的两颗棋子，就是正好在此前北巡的慕容延钊和韩令坤。他派遣使者告诉两位大将便宜行事。所谓的便宜行事，表面上是针对契丹，但是，实际上赵匡胤已经暗中下令，如有叛乱者，格杀勿论。随后，在春正月己未日，他还加封慕容延钊为殿前都点检、昭化节度使、同中书门下二品；加封韩令坤为侍卫马步军都指挥使、天平军节度使。慕容延钊其时驻军真州、定州，北防契丹，南面就是符彦卿。天平军位于大名府近东，控开封之东北，领郓、曹、濮等州，一来可以护卫开封，二来也对符彦卿形成牵制。

下了这几步棋子，赵匡胤的心里才稍稍安定。但是，他知道，五代以来，各地节度使密布，势力交错复杂，要说控制了局面，还为时过早。他感觉自己被黏在一张大网上，这张大网连线密布、错综复杂，比蜘蛛网更黏，比蜘蛛网更具有吞噬生命的力量。在这张大网的每根连线上，都淌着淋漓的鲜血，都系垂着无数死不瞑目的头颅。而他，赵匡胤，不得不站在这张大网中央，蹚着淋漓的鲜血，踩过无数白骨，去铲除四方潜在的威胁，去寻找可能的同盟，去争取生存的机会。

赵匡胤思量着近来的一系列措施，考虑着下一步的举措。这时，他将眼光从远处收回到城楼脚下，只见从城门内缓缓露出一个白色的马身子，马背上是一个士人，穿着青色的襕衫。在这人之后，四个着裋褐的仆役抬着一副檐子出了城门。城门口两个站岗的武士拦住了那士人和檐子，显然是在例行检查。这时，赵匡胤看见檐子的竹帘子一掀，一个妇人探出了半个头。赵匡胤看到她那发髻上金光猛然一闪，显然是阳光照在了插着的金钗或金花上。就在这一瞬间，赵匡胤愣住了。此情此景，仿佛昨日重现。他突然想起了自己第一个妻子贺氏，那时，他们的两个女儿琼琼、瑶瑶和儿子德昭尚未出生。就是在一个像今天这样的晴朗的早晨，他偕她出城踏青。出城的时候，不是也遇到了这样的例行检查吗？那天，他也穿着一件青色的襕衫，骑在一匹白色的马上，而她，同样坐在一副四人抬着的檐子里。在出城的那一刻，为了接受检查，她也这样撩开帘子，露出那张清秀的脸，那时，有阳光照在她发髻的金花上，灿烂的反光也是那么一闪。就在这一瞬间，在灿烂的光华中，赵匡胤的思绪回到了数年前的某一刻。他想起了好久未曾想起的第一个妻子贺氏。如今，他与她已经天人永隔。生死两茫茫！那一刻，如不是此时被阳光唤醒，恐怕会永远尘封在记忆的黑匣子里吧。他站在垛门，见那士人与那副檐子已经沿着杨楼大街渐渐往北行去了。于是他把目光转向东北方向，沿着旧封丘门斜街，远远望去。他看到在远处一片旱柳的枝条背后，露出几个灰色的殿宇的屋顶。那就是那天我带她去的东岳庙吧！它倒是仿佛从来没有变化一样啊！他呆呆地看着东北方的几个屋顶，搜寻着在时光中支离破碎的记忆，沉思了良久，方扭过头对后面的人说话。

"掌书记，你随我过来。"尽管此前赵匡胤已经给赵普升了官，但是他下意识地仍然用旧头衔来称呼赵普。

不久前刚刚荣升为右谏议大夫、枢密直学士的赵普赶紧答应一声，紧趋几步，跟了过去。

其他几个大臣远远站着，默默看着赵普靠近赵匡胤。

"我大宋朝的新科状元杨砺的为人才识如何？"赵匡胤心里热切地期冀网罗新的可信任之人，他心里也清楚，新的人才是否可用，还得征询赵普的意思。如果新人得不到赵普的认可，恐怕亦可能在自己的亲信内部造成巨大的隔阂；但同时，他向赵普询问起新科状元，也可使对方知道自己对此新人非常重视。亲信之间的相互砥砺，甚至是彼此的竞争，是他希望看到的局面。

赵普没有想到皇帝会以这个话题开始，干咳了两声后，回答："陛下恕罪，微臣只看过一眼杨状元的文章，而且是一手抄件，对其为人才识，实在是不敢轻易下评语啊！中书舍人扈日用大人系权知贡举，应该熟悉杨状元的情况，陛下何不把扈大人传来细细询问。"

"你这话说得滑头啊！好吧，不让你评状元的为人了。既然看过他的文章，就说说他文章怎样吧。"

"陛下，微臣才疏学浅，未通读过几本书，怎敢评价状元之文啊！"赵普依然含糊其辞，回避皇帝的问题。

"好了，别兜圈子了。到底怎样，说一说！"

"这——好吧，陛下，微臣冒昧。微臣觉得杨状元的文章好是好，可实在是过于烦琐了。我大宋初立，当需干练之才，才能在千头万绪中理出当务之急，才能迅速为朝廷奠定稳固的基业啊！"赵普没有放过机会，狠狠地将未来可能的政敌打击了一下。

赵匡胤听了，微微点头，说道："掌书记说得没错，不过，五代法制与礼节毁败殆尽，我正欲用心思缜密之人重理朝纲，仅仅靠一些老臣还不够啊。掌书记啊，今后我拜托你的事情，也少不了啊！"

"是！"赵普赶紧答了一句，心中对还未曾谋面的杨砺已经暗起敌意。

"我准备赶紧传杨砺入朝，到时，掌书记替我多考查考查他！"

"谢陛下信任！"

赵匡胤满意地点了点头，话题一转，问赵普："李筠将军最近可好？"

"陛下，微臣在驿馆门口安排的探子黄夜来报，王彦升将军昨晚私下进入驿馆，而且，好像赵光义大人随后也去了驿馆。"赵普提到赵光义的时候，看似无意地在前面加了"好像"两个字，他本来不想加这两个字，但是考虑到赵光义毕竟是皇弟，这样说也许可以委婉一些。

赵匡胤倒好像并没有留意到赵普话中的这个细节，用一种平淡的语调问道："哦？你有何看法？"

赵普心想："这话问得可真叫人难答啊。这是问我对李筠的看法呢，还是问对王彦升和赵光义的看法呢？不过既然问了，我还得说啊，就先抓主要的说吧。"他低头沉吟片刻方开口回答。

"李筠必有异心，陛下不如趁他在京，派人除掉他。放过此人，必有后患！"赵普说这话的时候，语气冰冷，心里想："李筠，你休要怪我狠心。谁让我是个谋士呢，我只能为陛下考虑啊。何况，你已经有了异心，我必须让陛下在你行动之前做出行动。"

赵匡胤微微一愣，左边的眉毛猛地动了一下，道："那样子，天下诸侯估计会更加惊恐了吧，也容易失了民心啊！"

赵普略一迟疑，他知道赵匡胤所说是有道理的。他是极其聪明的人，立刻意识到，自己作为谋士，心里所想毕竟是谋士的立场，君主的思想自有君主的立场啊。在历史的舞台上，在生活的长河中，许多悲剧就是因为人站在自己的立场去揣摩他人的心思而造成的。他暗暗提醒自己，赵普啊赵普，你一定要记住，你的主公已经是一国之君，不再是一个正在争夺帝位的节度使了！这样一想，他便答道：

"陛下说的是，是在下欠考虑了。至于王彦升，我看他对陛下怀恨在心，陛下要小心。此人心胸狭窄，只会记得陛下对他的惩罚，却不会记得陛下对他的恩情。对赵光义大人，陛下也需提防为是。"

赵匡胤听了，叹了口气，看了看远方，说道："光义是我的兄弟呀！王彦升这人，你替我多留意着吧。对了，道济①，不日可将何继筠之子何承矩调至京城，此乃大将之才。李筠将军身体有恙，朕明日就去看看他。"

后一句，赵匡胤是扭过头对停在远处的魏仁浦大声说的。魏仁浦意识到皇帝对自己说话，微微低下了头，应了一声。

这时，魏仁浦见赵匡胤转过身大步走到了自己的跟前。他听到赵匡胤压低声音说道："你将何承矩调至京城的消息在京城内散布一下，同时通过契丹俘虏，把这个消息散布到边疆去。"

"陛下，这是？"魏仁浦不禁好奇地追问。

赵匡胤微微一笑，用更低的声音说道："调令是要发，但是不必让何将军直接来京。他要去的地方，我随后告诉你。你且将何将军调至京城的消息散布开来，这样做，一是为了稳定京城的人心，二是为了鼓励边疆的将士忠心效力于我大宋王朝，坚守阵地，护卫国土。另外，还有一个目的——嗯，这个还是以后再说。说不定这是多此一举呢。"

魏仁浦见赵匡胤脸上露出神秘之色，当下也不多问。

赵匡胤说完话，昂着头，迈步往旁边快步走去，仿佛要刻意摆脱魏仁浦似的，走了十来步方才停住。魏仁浦知伴君如伴虎，

---

① 魏仁浦，字道济。

见皇帝大步向前又不言不语，便没有跟过去。

"处耘，你过来一下。"赵匡胤在十几步外站定了，方扭头对后面的李处耘说。

李处耘走到赵匡胤身旁，赵匡胤又站在了城楼垛口前，抄起手看着远方，背对着诸位大臣。赵普这个时候站在赵匡胤与李处耘的侧面，只见到赵匡胤嘴唇动了动，却不知道他对李处耘说了些什么。

"陛下一定有什么安排。可是会是什么呢？"赵普心中猜测着，隐隐感到新皇帝正在谋划什么。

魏仁浦心里也暗自琢磨："陛下莫非对何承矩另有安排？所谓调至京城之说，恐怕是与西北局势有关。是不是为了迷惑什么人呢？"

三

次日夜晚，当一弯冷月挂上柳树梢的时候，李筠所住的驿馆，烛火通明。昭义节度使、中书令李筠正在驿馆大摆宴席，款待来看望自己的皇帝赵匡胤。

皇帝亲自去驿馆看望一个进京的节度使，这是从来不曾有过的事情。当赵匡胤提出这个动议的时候，几位重臣一致反对。老臣范质更是极力阻拦，红着脖子，在大殿内对着新皇帝说了半天道理。可是，赵匡胤听完后，笑了笑，说了句"朕意已决"。范质听到这句话，又看了看皇帝微笑着的脸，知晓自己方才的慷慨陈词算是白费工夫了。

既然范质都无法让皇帝改变主意，其他人更是不愿多说了。谁让他是皇帝呢！他爱怎么就怎么呗！不止一个大臣心里这么想着。

不过，赵匡胤自己知道，有一个人差点就说服了他。那是在从视察地点回去的当晚，在寝宫内，他向自己的皇后如月提起说要去看望李筠。当时，如月皇后听了他的话，纤弱的身子颤了颤，低着头，怯怯地说了句话："如果陛下有个意外，让我们孤儿寡母怎么办啊？"在那一刻，他的眼前倏然飘过了周世宗与世宗孩子的面容，连他自己死去的孩子的身影也仿佛一下都浮现出来。痛苦与内疚从他内心的角落像潮水一样翻涌而出，在这股潮水中，又夹杂着恐惧的浪花，一时间令他感到头晕目眩，几乎从椅子上侧身跌倒。他很庆幸自己当时没有跌倒，很快稳住了心神，并坚持了自己的决定。

当李筠从自己的座位上站起身来，端着酒杯走到赵匡胤桌前敬酒的时候，赵匡胤看到了在李筠恭敬举止之下隐藏着的一股倨傲。

"看样子他是不服我啊！"赵匡胤心中暗想，盘算着该如何对付。"这酒里会有毒吗？"他心里想着，努力压下一直在蠢蠢欲动的恐惧感。

"陛下屈尊探望，令臣感激涕零，臣先敬陛下一杯！"李筠一脸严肃地说，声音僵硬、生涩。

鸿门宴的故事赵匡胤不是不知道，所以面对着举到了自己面前的酒，他的心里确确实实紧了一下。"既然来了，就早该想到这一步，我怎能胆怯呢！他不是当年的项羽，我也不是当年的刘邦。如今，我是一国之君，而且早有准备，即便他毒杀我，他也出不了开封城。我究竟在害怕什么？"他在心里恼怒自己的怯懦，右手慢慢抬了起来，尽量缓缓沉稳地握住了桌案上的酒杯。

不能让他看出我的胆怯！赵匡胤盯着那在烛光的照耀下反射着灰黄色光芒的杯中酒，缓缓举起了酒杯。

旁边李处耘的心，这时同样如同绷紧的弦。"陛下对我有恩，怎能让他冒这个险呢！罢了罢了，去他娘的，就这样吧！"李处耘想到这里，粗壮的身体一晃，倏然站起来，一抱拳道："臣请陛下赐酒！"他这是担心李筠招待赵匡胤的酒中有毒，所以决定要冒死为皇帝试饮。

赵匡胤抬眼看了李处耘一眼，微微一笑，将手一摆，示意他坐下。

"李将军敬的酒，朕得自己喝！"赵匡胤说这话时，心里想起了母亲、妻子，几个孩子的面容也在眼前一下闪过。难道这是不祥之兆吗？他心里暗暗问老天，同时又祈祷酒水里不要有毒。他有一种奇怪的感觉，他觉得自己不是害怕死亡，而是害怕他有可能再也见不到他的亲人了，有可能再也无法实现自己的志向了。他几乎有点后悔今晚来参加这个宴会了。他举着酒杯的手悬空着，停顿了一下，然后缓缓送到嘴边，仰头喝下了酒。他感到酒水顺着喉咙往下流去，流过胸口部位，接着又流到胃里。他已经做好了准备等待可能发生的最可怕的事情，可是，除了感到喉咙里胃里火辣辣地受到了酒的刺激之外，并没有其他任何不适的感觉。他回过了神，听到了哈哈的笑声。

那是李筠在笑，他笑着道："陛下爽快！"李筠是在用笑掩饰自己内心的沮丧。他在赵匡胤的眼里，既没有看到恐惧，也没有看到仇恨。他相信自己在赵匡胤的眼中看到了某些东西，但是他却说不出来那到底是什么！李筠感到有点后悔，他突然觉得，自己如果在那杯酒中下毒就好了。可是，他太好强了，他是不屑去干那样的事情的。"就让我们之间的战争就此开始吧！"李筠并没有将这句话说出来，尽管他在心里已经默默说了千百遍了。如今，他将这句话狠狠地在心里又说了一遍。

李筠也仰头将自己杯中的酒饮得一干二净，脸色还是铁青着，心里被怨气填得满满的，猛地扯开喉咙雷霆般地喝道："儋珪将军可在？"

"末将在此！"

话音未落，席间已立起一人。那人身高八尺，肩膀显得异常宽厚，一颗巨大的脑袋棱角分明，如同一块岩石搁在了脖子上。那张脸上，长着两道剑眉，眼睛射出的光芒森森然充满了杀气。他正是人称"太行一杆枪"的名将儋珪。

"儋将军，有劳你了，耍一套枪法，为陛下助助酒兴。"李筠斜着眼看了一下赵匡胤。他希望从那双眼睛里看到恐惧，但他还是失望了。因为，他看到的是赵匡胤那张面无表情的脸。

"是！"儋珪答道。"拿枪来！"身为武将，他有自己的志向。在他心里，早已经打定了主意，要为主公出口恶气。"什么鸟皇帝！不过是一个趁幼帝年少夺了皇位的白眼狼！"儋珪心里诅咒着赵匡胤，用毫不畏惧的眼神恶狠狠地盯着他。

赵匡胤看到了儋珪的眼神，他知道这眼神里藏着真正的愤怒和蔑视。之前察觉到的李筠的倨傲只是让他感到不适，而儋珪的愤怒却刺痛了他的心。"我不怕李筠恨我。可是为什么儋珪也如此痛恨我、蔑视我？据我所知，他可是一个正直的人啊。难道我真的做错了？我也是在战场上战斗过的人，我知道像儋珪这样的人，他的爱恨都是很直接、很坦率的。他这种人，看问题不深，但是在是非判断上却往往是对的。难道，这一次我真的错了？"在这一刻，赵匡胤用愣愣的眼光，回应着儋珪森然的、充满着恨与蔑视的眼光，他的内心动摇了。"好吧，就上演你们的鸿门宴吧。如果我错了，就让命运来惩罚我吧。"赵匡胤倔强的内心让他与命运较起劲来。

听到将军吩咐，儋珪身旁一名身材魁梧的军士吃力地将那杆威震太行的名枪扛了上来。

当时，战争中常用的枪有单钩枪、双钩枪、环子枪、素木枪、鸦颈枪、椎枪、梭枪、槌枪和笔枪等。单钩枪、双钩枪、环子枪的枪头上装着钩和铁环，都是骑兵常用的枪。单钩枪枪头尖利，有两侧刃，刃下端打造成钩状，名为单钩，但两侧刃尖长，实际上一边形成一个锋利的钩。双钩枪枪头比单钩枪更长，前较宽，后略窄，枪头有两刃的，有四刃的，枪头后半段都铸造了不少短小的倒钩。环子枪枪头细长，有四刃，四刃之边皆平行，四刃中有对着的两刃后部带有倒钩，环子枪一旦刺入身体，四刃枪头就迅速成为四道血槽，拔出枪头之前，被刺之人已经大量失血。一旦把刺中的枪拔出身体，则可能将内脏与皮肉一并带出。不论单钩枪、双钩枪，还是环子枪，都是骑兵所用的非常凶狠的武器。素木枪、鸦颈枪的枪头比前代枪的枪头都要长，枪头两侧都有异常锋利的刃，一旦敌人被正面刺中要害，往往身体会被彻底刺穿，几乎没有活命的可能。梭枪较其他枪要短些，可以用来投掷，所以也叫"飞梭枪"。槌枪的枪头实际上是一个生铁或铜铸造的"金瓜"，可以当槌子用，敌人一旦被抡中脑袋，必然脑壳崩裂脑浆四射。笔枪，顾名思义，其枪头形如毛笔笔头，此种枪枪柄较长，使用起来轻巧凌厉，杀伤力看似不强，在善用者手中却也是杀敌利器。

儋珪所用的八尺铁枪，乃是一杆精铁铸造的加长环子枪。环子枪长长的铁枪头在烛光照射下，反射着寒冷的光。在这杆枪下，不知有多少强兵悍将丢了性命。此枪一亮出来，席间顿时弥漫着一股杀气。

儋珪冷着脸，将那杆八尺铁枪接在手里，用力一抖，枪头红缨乱颤，嗡然出声。跟着，他脚下一动，伴随着脚下的移动，手中舞起了铁枪。那杆铁枪在他手中，好像没有什么分量的竹竿子，上下左右翻飞，发出呜呜的声音，像是冬日的狂风刮过干枯的树梢，发出可怕的呼啸声；像是暴怒的大海卷起滔天巨浪，要拍碎所有的船只和岩石。

赵匡胤看着儋珪的枪舞得越来越快，心下着实紧张起来。不过，多年来在战场残酷厮杀中练出来的胆量，却依然坚强地支撑着他的内心。他尽量使自己显得镇定，眼睛却盯着儋珪的铁枪，不敢错过分毫。

"让命运来惩罚我吧"这样的想法此时早已经被抛到三界之外去了，求生的本能压倒了内心一切其他的思考。李筠不时看一眼赵匡胤，见到他面有紧张之色，不禁微微地冷笑。

不一刻，儋珪忽然大喝一声，声音未落，长枪已然飞出手去。不过，那长枪并未飞向赵匡胤，而是飞往李处耘的方向。顿时，席间一片惊呼。

李处耘眼见铁枪向自己飞来，心道不好，要躲闪是来不及了。但是，铁枪似乎并非瞄着他来的，李处耘只觉耳边掠过一阵凉风，长枪"噌"的一声，深深扎入距离他身后尺许的一根大柱子。

"陛下见笑了！"儋珪向赵匡胤一抱拳，冷冷地说道。赵匡胤这个时候明白了，李筠并不想在宴席上杀他。

"他一定是担心宴会上杀不了我会弄巧成拙，所以要给我一个下马威。不过，李筠啊，你这次可想错了。不论你如何威胁我，我都是必须要让你离开上党的。你在上党已经待得太久了，你部下的虎狼之师，就是上党百姓的厄运之师。他们没有了你，就没有了威胁。所以，你必须得走。"赵匡胤心里再一次给自己打气。

儋珪抱拳向赵匡胤说完话后，也不等赵匡胤回答，一转身迈开大步自己回座位去了。

赵匡胤按捺住怒气，脸皮绷紧了，铁青着脸，尽量用平和的口气说道："朕与李将军久未相见，常常念及与将军一起同蒋世宗之时，颇为想念将军。这次，是想让李将军去青州就任节度使。"

李筠答应道："没有想到皇上还经常惦念着我。哈哈，真是让微臣受宠若惊呀。"他回应得客气，口中却未立刻接那就任青州节度使的话茬。他是绝不甘心就此屈服的，他就如同一头猛兽，挑战只能激起他的斗志。这也许就是强者求生的本能吧。

"李将军，朕调你去青州，有朕的苦心啊！"

"哦？陛下不过是想对付我罢了，谈什么苦心！"李筠感到一股怒气从腹部冲上脑门，将自己心中的怨怒直接说了出来。

"不仅调动你一个，朕还要调动其他节度使。朕今日把话说在这里，在座的各位都听好了！"赵匡胤答非所问，一字一句地说出了自己的意图，也没有丝毫解释的意思。

"陛下，您的想法实施起来恐怕不易吧。"李筠哼哼冷笑几声。五代乱世以来，这个世界上的强者早已经明白了人要靠实力说话。弑君之事尚且当众可做，与皇帝顶嘴算个啥！所以李筠这样子对赵匡胤说话，不仅席间所有人都不感到特别意外，甚至连赵匡胤自己也不觉得意外。

"哼，我也知道不易。不过，如果世宗在世，他也可能会这样做！"赵匡胤话一出口，自己也是一愣。"为什么要提到世宗呢？"他心里暗暗问自己，"世宗真的会这样做吗？"

"你倒是还记着先帝呀！"李筠也哼了一声。

"想当年，我曾与李将军一同跟随先帝打天下，也算得是兄弟一场。那时候，咱们都曾对天发誓，誓死效忠先帝。咱们相约，为了助先帝统一中原，愿意一同上刀山，下火海，闯千关，渡万劫。那个时候，我也不曾想到如今会这样面对李将军。李将军以为我忘记了自己的誓言了吗？不，不，我没有忘记！可是，先帝已逝，乱世未终！我不甘心！既然命运让我担起世宗的遗志，我又怎能退避！还请李将军念及当年的兄弟之情，体察我的苦心！"

赵匡胤说着说着，不觉间声音有些哽咽了。

"上刀山，下火海，闯千关，渡万劫！是啊，想当年，我与他都是青春年少，意气风发！"在这一刻，李筠回想当年，心中最柔软的角落仿佛动了一动，世宗的脸庞浮现在他的眼前，赵匡胤往日的面容竟然也随之浮现出来。奇怪的是，在这一刹那，李筠发觉自己仿佛对赵匡胤没有了敌意。那个心头浮现出来的影子，仿佛是自己相交已久、知根知底的老朋友。恍惚间，李筠不知道自己究竟为何有如此念头，眼中竟然不知不觉有些湿润了。

"世事变迁，沧海桑田，没有想到他做了皇帝，而我却拥有了阿琨。世事弄人啊。"李筠心里暗想，牙关紧紧咬着，仿佛要咬碎弄人的命运。

李筠心中黯然，微微低了低头，缓了口气说道："微臣到京后即卧病在床，暂时无法赴青州赴任。"

赵匡胤抬眼瞧去，见李筠形容消瘦，眼中一瞬间露出异样的神情，心中亦琢磨不透李筠真实的想法，一时之间无语以对。

李筠似乎并不在意赵匡胤的回答，突然喝道："来人，将世宗画像给我请来。"

一个侍卫应了声，匆匆起身而去。一时间，席间众人不知李筠何意，无人说话。

众人尽默然而坐。其间，只有一个人，慢慢猜到了李筠的想法。这个人便是闾丘仲卿，当他慢慢明白主公的意图后，脸色凝重起来，如同笼罩了一层浓重的阴云。他想阻止主公的行动，但是主公的话已经说出了口，要阻止已经来不及了。风暴要来的时候，也许有人会看到风暴的迹象，但是，又有谁能阻止风暴的来临呢？

一名带刀侍卫片刻间已将一轴纸色发黄的画取了来。

李筠小心翼翼地展开画像，将它挂在了堂前画壁之上。画像挂好后，李筠后退了两步，凝视片刻，猛然双膝跪地，涕泣俱下。

现在，席间众人都看清楚了，那赫然就是一幅周世宗的画像。画像中，周世宗身着锦袍，腰系玉带，英姿勃发地站立着，恍若生时。

席间，李筠帐下幕僚与诸将见主公挂出周世宗画像，已然惊骇不已，又见他在皇帝面前对周世宗下跪，一时都骇然不知所措，呆若木鸡。

间丘仲卿第一个跟着李筠对着周世宗画像跪了下来，李筠帐下其他人见间丘仲卿下跪后，也纷纷下跪。

赵匡胤亦未料到李筠会有此举，突然之间，不知所措，呆坐席间。

不一会儿，间丘仲卿站起身，低首走到赵匡胤席前，下跪道："陛下，将军是因陛下提起先帝，思念故主，酒后感怀呀。"

此时，赵匡胤已经定了心神，打定主意，起身立起。

"先帝对我有知遇之恩，我也当拜一拜。"当下，赵匡胤对着周世宗画像跪下，"咚咚咚"，磕了三个响头。

众人见皇上竟然给周世宗画像磕头，也都慌忙叩拜。

随后，赵匡胤站起身，凝望周世宗画像，说道："先帝，我今日在你的画像前发誓，必不忘先帝遗志，誓死开创太平！愿先帝在天之灵，保佑我大宋长治久安，一统天下！"说罢，赵匡胤缓缓转过身，向李筠微微点点头后，迈开大步，率诸臣往大门走去。谁也不知道，赵匡胤在离去的时候微微向李筠点头到底是什么含义。

其实，赵匡胤自己也不清楚，为什么在离去的时候要向李筠点头。"是要与他告别呢，还是在与过去告别呢？是在向他下战书

卷一

33

吗？还是希望他能够明白自己的苦心呢？是由于对旧日兄弟情的留恋，还是对他照顾阿琨的感谢呢？是对他照顾阿琨的感谢，还是对他夺走阿琨的嫉妒与仇恨呢？"赵匡胤在离开的路上，脑子里很乱，没有开口对旁边的群臣说一句话。一切都没有按照他预想的方向发展。他感到内心被乌云般的沮丧笼罩起来，这沮丧，压得他呼吸困难，压得他神志混乱，压得他几乎对生命失去了兴趣。他只知道，他已经没有了退路，只能咬着牙，拖着那一团团不断聚拢过来的乌云往前走。一丝疼痛开始在他的脑袋里慢慢扩散，让他感到头痛欲裂。

谁也没有想到，李筠的这次宴会竟然以这样的形式结束了。

四

与李筠的不欢而散，让赵匡胤更感局面紧迫。这日午后，赵匡胤抽空让中书舍人、权知贡举扈蒙调出杨砺的卷子，要亲自看看。自向赵普征询过对杨砺的看法后，赵匡胤又私下向扈蒙问起对杨砺的评价。扈蒙性格沉稳，不喜评价他人，赵匡胤再三追问，他方才简单坚定地回答说，杨砺性情耿直，文章老练，而且据其乡人说，杨砺自小就勇敢过人，且极富辩才。赵匡胤听后大喜，心想如能得此人，正可在游说李筠等节度使时派上大用场。这日得闲，他便想起杨砺来，于是决定借调看杨砺的文章为由，再向扈蒙问问杨砺的近况。可是令他感到沮丧的是，扈蒙带到便殿来的，除了杨砺的卷子，还有一个坏消息。杨砺的父亲，就在自己的儿子刚刚被点了状元几日后，因病溘然长逝。杨砺也已经以服丧为由，拒绝了朝廷让他出仕的要求。

"杨砺的父亲在这个时候过世，真不是时候！朝廷正在用人之际呀。可是，这杨砺要尽孝服丧，我也不能怪罪于他！他这些天怎样，是否愿意提前结束服丧？只要他愿意，我就准许他。"赵匡胤说道。

"不怎样啊！"中书舍人扈蒙笑嘻嘻地答道。

"什么不怎样啊？说仔细些！"

"听说他悲痛欲绝，形容憔悴，已经几日水米未进了。"

"好不容易物色了一个状元，偏无法出仕！如今又是几日水米未进，你说你，就不能想想办法吗！"

中书舍人扈蒙笑嘻嘻地看着皇帝赵匡胤。

"哎，日用（扈蒙的字），你知道吗？平日看着你一张笑脸，我这心里倒是挺舒坦的。可是，你怎么这会儿还笑成这样啊！"赵匡胤用手拍了两下自己的脑门，一脸无奈。

"是，微臣有笑疾，即便是愁苦时，也是这样啊。"扈蒙笑嘻嘻地用无奈的语气回答道。

"知道！知道！这会儿还笑成这样，要不是你有笑疾，我早将你一脚踢到不周山去了！"

"是！"扈蒙依旧笑嘻嘻地用最简单的话回答。

"好了好了，抚慰杨砺的事情，本不该你负责，不过，这次你是权知贡举，心里肯定对自己物色的状元颇为担心，你这就快派人送些米粮去，趁机抚慰抚慰！若是能够劝其早日出仕，乃是我朝大幸啊！"

"陛下，这尽孝之事……"

"目前是非常时期，忠孝不能两全。还望杨砺以大局为重啊！他的心情，我如何会没有体会，只是如今天下未定，正需要……"赵匡胤说到这里，眉头皱了皱，打住了话头，心里想起昔日随世宗平定扬州时的一件事。那件事，成了他心底永远的痛楚之一，在某些时刻，因那件事引起的痛楚会冷不丁地从心底冒出来，带着一股阴郁的冰冷，以一种缓慢而沉重的方式压迫他。这一刻，当他期待着杨砺尽早出仕时，内心再次因内疚而感到如刀割一般的痛楚。他所能做的，就是尽量不想那件事，假若它浮现出来，便尽力将关于那件事的回忆再次塞入心底看不到的黑暗角落。"走开！我现在不想想这件事！走开！离我远点！"此刻，赵匡胤在自己的内心，正大声对那些不断涌现出来的回忆碎片呼喊着。他狠狠地想，它们，在今后的某一天还会冒出来折磨他。但是，那又怎样呢，"这一刻，让那件事远离我吧！"

扈蒙依旧笑嘻嘻地望着赵匡胤，不过，此时他的眼中也不禁流露出了悲悯之色。"陛下夺取恭帝的皇位，那是对周世宗的不忠；陛下当年不顾他父亲的安危，拒不同意他父亲退兵六合，那是不孝！此刻，看陛下的神色，估计正在为自己曾经的所作所为而感到内疚吧！"扈蒙脸上挂着从来如此的笑容，眼皮微微下垂，静静地看着皇帝，心里默默地想着。扈蒙今年虚岁四十六，比赵匡胤年长几岁，这一刻，他眼中藏着悲悯之色，心中不知不觉涌起一种类似兄长希望保护弟弟的情感。

"京兆是个出良臣的好地方！"赵匡胤仿佛要用这个念头挤走对往事的回忆。

"是啊，历史上出自京兆之地的良臣的确不少。其中，天下闻名的要数那位牧羊塞外、尽忠大汉的苏武了，此外，第伯鱼、杜如晦、李勉、苏颋、韦处厚，不是当了司空，就是拜了宰相！如今，陛下一定是希望杨砺能在将来担当重任！"

"何尝不是啊！之前赵普点评他的文章，不喜其文烦琐，今日我看了看，初读，他的文章确实显得烦琐，可是风格不拘于古，自成一家；细读之后，方觉其文思异常缜密，且极富见地。好好历练，应堪重任啊！他要是因绝食出了事，岂不是我大宋之损失！"

"陛下说得是。微臣这就派人去京兆鄠看望杨砺。"

"不，等等，还是你作为我的使者，亲自去跑一趟吧。京兆是个好地方，希望这次能给我大宋出一个好人才啊！"

五

　　钱阿三的家就在东华门外那条名叫东华门街的小街上。这天，丑时刚过，天还未亮，他便如往常一样，与老伴摸着黑起床了。钱阿三夫妇二人靠卖早点与夜宵为生，赚的是辛苦钱。不过，多年的忙碌对他们来说似乎早已经成了习惯。

　　夫妇两人摸黑穿了衣服，草草抹了把脸，然后开始忙活起来。钱阿三的老伴张氏进了黑黢黢的厨房，驼着个背，从一个巨大的瓷缸里舀出白面，倒在每日用来和面的青瓷大盆里。青瓷大盆是民窑烧制的，做工很粗，烧制过程中还出了问题，盆的上沿有道裂纹。但是因为这道裂纹在烧制时就形成了，所以其实并不算真正的破裂，并不影响瓷盆用来装水或和面。张氏一直记得十几年前买这大瓷盆才花了两文钱。当年，拖着大板车卖瓷盆的那个黑面汉子说，要不是烧坏的器物，怎么也得卖二十文。张氏当时见它便宜，便欢欢喜喜买下了。没有想到这一用就是十多年，大瓷盆竟然没有裂。张氏每次和面的时候，总不禁自言自语一番，说这个大瓷盆买得可真值啊。在她一边叨唠一边和着准备用来做蒸饼的面团之时，钱阿三已经摸黑到了屋门口。他每天的第一项工作，是去将四块长条木门板下下来。钱阿三舍不得点油灯，像往日一样摸黑去下了那四块摸起来已经熟悉得像自己手背一样的门板，接着，便背起那个油乎乎的大褡裢出去了，他是要到热闹街上王屠夫的肉铺里去买新鲜的猪肉，然后拿回家里做燻肉。

钱阿三从东华门街往东走了片刻，拐了一个弯，入了马行街往南走去。街道在青黑色的清晨中朦朦胧胧地在他脚下延伸。空气是清新的，酝酿着夜晚与白天交会时那种神秘的生机。这种生机，是天然的，来自天地万物，来自静谧的无边无际的空间。钱阿三怀着一种朴素的愉悦心情，无意识地感受着这种天地生发的神秘生机。

他摇晃着身子，哼着小曲，半眯着眼睛走着，没多久便到了热闹街的东口。他往西拐入热闹街的时候，突然脚下一绊，差点摔倒，仔细一看，见街拐角上躺着一个人。那个人本来好像正在睡觉，被钱阿三踩了一下，猛地惊醒了。

"哎呀！你这汉子，怎么睡在这个地方啊，不怕被踩死啊！"钱阿三像踩了狗屎一样感到恼怒，大声嚷嚷起来。

"大伯啊，你就可怜可怜我吧。不睡在这儿，我睡哪里啊！"那个人迷迷糊糊地睁开眼，用手使劲揉着小腿。估计刚才钱阿三是踩着他的小腿了。

"哎，算了算了，算我倒霉！"钱阿三摆了摆手，脚步往旁边走去，想要绕过那个在地上躺着的人。

这时，地上躺着的那个人坐了起来，身子一扭，竟然向钱阿三跪下，"咚咚咚咚"磕起响头来。

"大伯啊，在下瞧您是个生意人，请您雇我打打杂吧！我父母双亡，来京城投靠亲戚，没有想到亲戚早就搬离京城多年了。我已经两天没吃东西了，无奈之下只好露宿街头。今日既然一大早撞上大伯，您就是在下的贵人啊。还请大伯可怜可怜我吧！"那人一边磕头，一边抽泣起来。

钱阿三在朦胧的晨光中看了那人一眼，只见他穿着一件肮脏的布衣，即便是在昏暗不清的晨光中，也可以看出他长着一张清秀的脸。他虽然包着头巾，头发却乱得像是杂草，看样子年纪不大，是个年轻人。

这个时候，年轻人正抬起头望着钱阿三，他的脸上挂满了伤心的泪水。不过，钱阿三是看不到他的泪水的，因为凌晨的昏暗掩盖了它。

"我算什么生意人，就做点只够糊口的小本生意！帮不了你啊！"钱阿三哭丧着脸叹了口气，迈开步子要往前走。

"大伯，您就可怜可怜我吧。"

"走吧！走吧！我帮不了你啊！"

"我什么苦都能吃，您让我做啥都成呀！"

如果是白天，钱阿三一定会看清那年轻人的脸，这一刻，那张脸是苍白的、悲哀的、凄苦的，同时也隐藏着一种经过深思熟虑后的深刻。

这个年轻人，曾经拥有过尊贵、荣华，尽管在享受这些时由于身体的小小缺陷而有一种近似天生的自卑。无微不至的呵护，谄媚的脸，毫无意义的空洞的奉承，带着酸味的嫉妒，他都见过，听到过，感受过。可是，那场可怕的灾难之后，他失去了父亲、母亲，失去了所有的亲人，失去了呵护，失去了尊贵与荣华，以前那些他曾经一度厌恶和鄙视的谄媚、奉承、嫉妒，也倏然从他身边消失得无影无踪。虽然他的内心并不留恋那些他曾经厌恶和鄙视的东西，但是，经历了如此重大的变故，他终于认识到，当一个人受难时、落魄时，没有几个人愿意帮你一把，那些曾经谄媚的人、奉承的人、嫉妒的人，不是正在暗自幸灾乐祸地窃笑，就是站在旁边有意无意地说些冷言冷语，他们，会在欢笑中庆祝你所经历的灾难，会在冷漠中看着你毁灭。他做好了充分的心理准备，去经受各种各样的冷嘲热讽，去忍受各种各样的嘴脸。他也清楚地认识到，人心总有弱点，自己的悲惨在那些盼望你毁灭的人那里，只能唤起他们野兽般残忍的快感，但是在陌生人那里，却可能诱发怜悯与同情；如果运气好，碰到真正的善良之人，就有可能赢得帮助。这个年轻人决定用他近来领悟到的道理，来为自己赢得活下去的机会。

这世道啊！钱阿三又叹了口气，迈开步子往前走去，嘴中还在说道："我是真帮不了你啊！我连自己的儿子都没有养活啊！"想起自己夭折的孩子，钱阿三心中一阵伤痛，脸上的肌肉抽动起来，使本来已经显得苍老的脸变得更加丑陋。

那个年轻人兀自跪在钱阿三身后的石板路上，并没有起身。他的脸色变得更加苍白了，但是在清晨的昏暗中，没有人看到他的脸色，包括刚才的钱阿三。这些天来，他已经经历了太多的白眼与冷遇，吃了许多往日从未吃过的残羹冷炙。他甚至一度觉得灰暗、悲苦的日子，他是再也难以忍受下去了。有好几次，他想干脆在汴河中沉没了自己，就此同这个残酷冷漠的世界告别。但是，每次这种念头冒出来的时候，他都很快放弃了。使他多次放弃这种自绝想法的，是在心中不断积累起来、不断膨胀的两种极为强烈的情感。其中最主要的一种情感是仇恨，对仇人的仇恨。他想，我怎能就此轻易了结自己呢？这样子就太便宜仇人了。另一种刺激着他生存欲望的强烈情感，却是对一位好心女子的怀念。他无数次回忆着在大相国寺中的那难忘的一幕，每当他沉浸在忧伤的回忆中时，便仿佛又闻到了那股清幽的香气，仿佛再次看到那女子白若凝脂的脸庞，那淡淡的红晕。他已经渐渐意识到，自己对那个素不相识的女子的想念，已经非同一般。不管她在哪里，他想到她，便幻想着有一天能够再见到她。为了她，他觉得自己可以下火海，闯刀山。这两种激烈的情感，在他的心中以一种非常奇怪的状态存在着，他也曾将复仇与寻找那女子这两件事并列放在一起比较两者的重要性，但是令他自己感到沮丧的是，他从来没有找到答案。他的理智告诉他，与那位好心的美丽女子再次见面，几乎是没有任何可能的。既然如此，他又何必去将她与复仇之事比较重要性呢。尽管他的理智是这样的，但是，他的情感却不愿放弃对她的思念，他把她当成是他那黑暗悲惨生活中唯一一线金色的光。他在内心的最深处，甚至有一种神秘的预感，它完全不是出自理智，而是出自毫无理由的直觉，这种直觉固执地暗示他：总有一天，他会再次见到那位美丽的好心女子。这种直觉，甚至暗中使他产生了一种错觉，认为那个女子一定对他有好感。他根本没有想到，那个好心的女子当时要买他的画，只不过是出于单纯的同情，除此之外，再也没有其他更多的理由。他也根本没有去想，那个好心的女子究竟是谁，叫什么名字。

钱阿三摇摇晃晃走出了十几步，突然停了脚步，脑袋耷拉下来，朦胧的晨光中可以看到他的肩膀一起一伏。过了会儿，钱阿三深深叹了口气，转过身子，慢慢走向那个跪着的年轻人。

钱阿三走到那个年轻人面前，眼睛里噙着泪花，看了年轻人几眼，嘴里终于挤出了一句话："哎，起来吧！你跟我走吧！"

他说完这句话，并没有伸手去扶那个年轻人，而是自己缓慢地转过身子，继续往西走去。

那个年轻人慢慢地站了起来，跟着钱阿三往西走去。他的背微微有点驼——但是在他心里，却认为自己的背可不是一般的驼。

他的自卑，一直折磨着他的心。在某种程度上，这种折磨，也变成了增强他自尊心的法宝。

年轻人跟着钱阿三往前走了几步后，兀自挂着泪水的脸上，慢慢露出了一丝连他自己都无法察觉到的笑容。因为，这个年轻人的心里，酝酿了一个庞大而精巧的计划，现在他已经实现了这个计划的第一步。他在此处遇到钱阿三，并不是一个巧合。实际上，他已经花了好些天来了解钱阿三夫妇的情况，他费尽心机不被察觉地从街坊的闲谈中去探听他们是否有亲人，通过观察他们日常的言行去了解他们的为人，当然，他也摸清楚了钱阿三每日行动的规律，包括钱阿三每天清晨去热闹街买猪肉时所走的路线。但是，他没有意识到，在他那险恶计划的第一步实现的那一刻，他自己心中的黑暗与阴影也在肆无忌惮地扩大。那一刻，他暂时忘记了那道曾经射入他黑暗生活的金色的光。

六

看望李筠后的那天夜里，赵匡胤做了一个梦。近来他感到非常苦恼，夜里总是会做许多奇怪的梦。那天夜里，赵匡胤梦到在一个高高山头的山脚处，有一头巨大的猪，它从山脚鼓足了力气，开始顺着山坡上一道被雨水冲刷出来的山沟往山头猛冲。眼看着它快冲到山顶了，可是山头轰隆隆几声巨响，滚下无数簸箕大小的石头，巨猪顿时被砸得头破血流。它发出悲惨的叫声，在烟尘滚滚中从山头顺着山沟滑落到山脚。可是，巨猪并没有放弃，摇摇晃晃又往山头爬去，就在快要成功的时候，山顶上的石头又纷纷滚落下来。巨猪嚎叫着再次滑落到山脚。赵匡胤在睡梦中被那头巨猪震惊了，他痛心地看着那头巨猪，只见它再次站了起来，抖动身体，浑身颤抖着，摇摇摆摆又向山坡上冲了上去。赵匡胤惊醒过来时，脑子里充满了困惑。为什么会做这样奇怪的梦呢？他不停地问自己。见鬼！那头猪是怎么回事？难道朕就是梦中的那头大猪？还是——李筠像那头大猪？赵匡胤越想心中越乱，有好几天郁郁寡欢，心中盘算着如何对付李筠。

过了些日子，中书舍人扈蒙从京兆鄠杨家堡回来了。可是，他并没有带回杨砺的好消息。杨砺在感谢朝廷的盛意后，再次以服丧期未满为由，拒绝出仕。杨砺因服丧而未能出仕之事，令赵匡胤倍感沮丧。

"五代乱世，天下礼仪尽丧。如今天下最需的乃是重建忠孝之礼仪。我何尝不想早日为朝廷效命，只是若提早出仕，于天下而言，弊必然大于利。今日朝廷良臣众多，必不缺我一人。我身为大宋第一个状元，若带了一个坏头，日后还何谈为陛下重建朝纲。如天将降大任于我，今后自有我效命之时。望陛下见怜我的苦心。"这是杨砺托扈蒙带回朝廷的话。赵匡胤刚刚听到这话的反应是有些失望、有些愤怒。"怎的如此迂腐啊！"他心里不禁暗暗责骂杨砺。可是，他转念一想，突然之间，浑身上下的毛孔全都一起张开了——这不是因为愤怒，更不是因为恐惧，而是因为刹那间体会到杨砺的苦心，由衷地自心底产生了共鸣，这种强烈的共鸣使他全身热血周流激荡，像海浪拍击礁石一样冲击着每个毛孔，像惊天动地的雷霆一样震荡着肝胆。"这何尝不是牺牲小我，成就大我的菩萨之心啊！天下有多少人削尖脑袋，想要在朝廷谋一官半职。这些人当中，恐怕有不少是迷恋当官能够带来的荣华富贵吧。一顶乌纱帽，扭曲了多少才俊的灵魂。真正以天下为念，为了捍卫朝廷纲纪而牺牲个人前程的又有几个？如此看来，杨砺的心胸，实在是广大啊！杨砺心里一定很清楚，如今，他不能为我所用，日后未尝没有机会。可是，如果他贪恋荣华，而放弃为父亲服丧，那就是以我大宋第一位状元的身份而坏孝之大义！子不孝父，如臣不忠君。这是杨砺牺牲自己的前程，来为天下学人树立榜样！我之前内心竟然还责备他迂腐，惭愧啊！惭愧！好吧，杨砺，我就成全你这份孝心。但是，今后我大宋总有用你的一天！"赵匡胤在心里暗暗为杨砺留了一个位置。当他想到像杨砺这样的人会在自己登基后出现，不禁也暗自有一种莫名的顺应天命的感觉。"杨砺这样的想法，为何会在这个时候出现，为什么之前就没有听说过这样的事情呢？是之前的朝廷没有注意到像杨砺这类人，还是之前就根本没有这样的人？莫非，天下之人的心思，正在慢慢发生变化？"当赵匡胤想到这点时，他心底隐隐约约地感觉到，有某种神秘的力量似乎在鼓励着他应继续努力去为后代开盛世，千万不要辜负了老天对自己的眷顾。杨砺谢绝出仕，让赵匡胤感到一时的失望，但是却带给他更多希望。可以说，杨砺带给他的血脉贲张的感动、巨大而神秘的希望和一系列纷杂的思绪，也使他从对李筠的忧虑中暂时解脱出来。

可是，稍稍轻松的心情并没有伴随赵匡胤太多日子。过了几日，赵匡胤收到一封李筠自驿馆送来的密信。这封密信再次加重了赵匡胤心中的困惑。"李筠在那次宴会上如此激烈地对抗我，为什么如今又送来密信暗示忠诚呢？"他将那封密信读了好多遍，揣摩着每个字眼的含义。

李筠究竟是什么心思？赵匡胤有些糊涂了。这日，赵匡胤在朝会上，与赵普、赵光义、魏仁浦、王溥、范质以及陶穀等诸位大臣一起商议如何应对李筠。

赵匡胤坐在崇元殿的新龙椅上。这把龙椅，以红为主色。龙椅的两个扶手，则是用黄金雕铸成的龙头。靠背的上头两端，也有两个用黄金铸造的龙头。这四个龙头，各自在嘴里叼着一块打磨成菱形的红宝石，每块红宝石的下边，悬垂着三颗小的红色玛瑙。整个龙椅显得大方朴素，若不是那黄金龙头和红色宝石的装饰，恐怕就显得更加简朴了。

赵匡胤并不喜欢黄金的龙头和红色的宝石，他觉得这些过于奢华，让他觉得自己变得脆弱了。我本是马背上的将军，这些玩意儿对于打仗根本没有用，简直是徒增累赘啊！他就是这样在心底里对那些奢华的装饰怀着敌意。他喜爱的那匹枣红马的马鞍鞍头，也是铸铁的，没有多余的黄金或白银作为装饰。不过，礼臣们坚持要给龙椅加上黄金与宝石，他们认为这样有助于彰显君主的威严。他们的意见是，对于这样一个人口众多的中央王朝，如果君主没有威严，就无法慑服臣民。如果臣民不服君主，国家就会陷入混乱。他们向赵匡胤进言，指出五代刀兵四起政权更迭频繁的重要原因，就是天下的礼仪已经丧失殆尽，君主已经毫无威严，新王朝若想长治久安，君主的威严是必须确立的。奢华的风格，与赵匡胤的质朴本性并不相合，但是为了实现自己统一天下重建太平的梦想，赵匡胤最后也就默许大臣们的建议了。但是，在他的内心，依然质疑这些礼臣们的大道理。或许是作为一种反抗，赵匡胤要求宫内的帷幕一律都用本色棉布做成，而不用那些华丽的绢绸。

这日，赵匡胤坐在龙椅当中，心里盘算着李筠那封密信的用意。他坐在那里，觉得有些不适，因为身体距离两侧的扶手尚有些距离。于是，他便将手搁在自己的大腿上，尽量使自己显得庄重威严。"这龙椅，与其说是椅，还不如说是榻更为合适啊！"他在心里面，一边想着如何对付李筠，一边不合时宜地抱怨起那张龙椅。

"这是李筠刚刚派人送来的蜡书，蜡书是北汉约同他起兵偷袭我大宋的密信。不久前，北汉暗中诱使代北诸州侵略我河西麟州、府州，朕已经下诏诸镇会兵御之。几天前，定难军节度使李彝殷送来战报，说其帐下大将李彝玉驰援麟州，北汉已经退去。莫非，如今北汉又要来挑衅不成？道济，你且看看这封密信，各位爱卿也说说看法吧。"赵匡胤面无表情地抬头看了赵光义一眼。

赵匡胤令随侍的内监李神祐将密信递给魏仁浦。

魏仁浦微微俯身，恭敬地接过密信。

"麟州、府州孤立难援，李彝殷将军能够大义出援，乃陛下天威所致。不过，北汉西出遇阻，转向东面或南面亦有可能。李筠送来的密信，恐怕不假。只是，李筠的用意，恐怕不只是示好，也有向陛下示威之意。"

"光义，你觉得呢？"赵匡胤对魏仁浦的评论不置可否，转而问起赵光义。

赵光义从魏仁浦手中接过密信，神色镇静地看完，顺手递给了赵普。

"此必是李筠摆的障眼法，乃是故意向陛下强调他的忠心。陛下不可轻信。"赵光义说道。

赵匡胤左边的眉毛动了一下，微微低下头，并不回答，对赵光义的看法也不置可否。

赵光义见这位做了皇帝的大哥并不接话，当下也不作声，心里暗自揣测，难道兄长已经知道我暗自拜会李筠了？

赵匡胤没有在意自己兄弟的神色，而是扭头看了范质一眼，说道："那以范爱卿之见，朕当如何呢？"

"陛下，老臣以为，陛下对李筠将军当以诚相待，以德化之。稍假时日，李筠将军见陛下一片诚心，必真心归顺朝廷。这样一来，岂非可免去兵戈之灾吗。"范质是真心说着自己的看法，在他看来，仁德乃是具有巨大感召力的东西，他相信以德化人是最好的办法。

赵匡胤闻言，心想，难道真是我对李筠逼得太紧了吗？可是，节度使的权力如果不被削弱，天下兵乱的隐患就不可能根除啊。他想到此层，突然感到头疼了一下，仿佛要裂开一般，于是抚住额头。

赵光义见皇帝神色异样，忙道："陛下，怎么，老毛病又犯了？用不用请御医来？"

赵匡胤摆摆手，道："不必，不碍事。范大人，你的意思是暂时让李筠返回潞州，坐镇上党城？"

赵光义见皇帝哥哥依然对自己颇为冷淡，心底不禁暗暗警惕起来。对于这位皇帝兄长，他在内心里有些害怕，但是这种害怕在大多数时候他并未意识到。在这一刻，他心里的确是感到有些害怕，因为在他心里，不知道兄长的冷淡是否与他私会李筠有关。"如果陛下知道了我私会李筠，他身边的重臣中很可能也有人知道了此事。说不定是某人帮着陛下暗中监视我。会是哪个人？如果有人先知道，一定就在他们当中。"赵光义狐疑地扫视了一下殿内的几位大臣，想从这些人的神情中看看有无异样。他突然想起自己私下会见李筠的那个夜晚。那天晚上，他特意安排一个亲信远远跟在自己身后，令其在自己进入驿馆之后，暗中留意是否有人跟踪。如今，他仔细回忆着那个亲信后来的汇报。他记起来了，那个亲信曾说，当时的确没有跟踪之人。当时，他还追问那个亲信，附近有没有什么异样。他脑子里如同闪过一道闪电，想起了那个亲信曾经提起过，有个卖馄饨的老汉在他进入驿馆后匆匆离开了馄饨摊子。"是了！是了！当晚街对面有个馄饨摊子，那个匆匆离去的卖馄饨的老汉一定是某个人的耳目！"

赵光义使自己的眼光尽量自然地从每个大臣的脸上扫过。他看到老臣范质正睁大眼睛看着皇帝，根本没有在意他。魏仁浦像往常一样，低垂着上眼皮，脸色没有任何异样。王溥挺着脖子，站得直直的，他察觉到赵光义的目光扫过他的脸，下意识地回望了一下。多年的从政生涯让王溥对人的神色异常敏感，他察觉到赵光义的眼中带着审视与判断。"陛下这个兄弟不简单啊。以后还得小心应对为是。"王溥心中暗想，看了赵光义一眼，便又转向了皇帝。赵光义自然也看到了王溥回视的目光，于是便装作没事一样转了一下头去看另外一个人。这时，赵光义注意到了赵普，他发现，在他看赵普的一瞬间，赵普微微侧了一下目，又迅速将目光移开去了。

"坏了，只怕是赵普知道我私会李筠的事情了。他一直是兄长的亲信，定然是兄长为了防备李筠，私下安排了赵普监视李筠。看样子我得先下手为强了。"赵光义的直觉告诉他，赵普一定是知道了他私下会见过李筠。那个卖馄饨的老汉，一定是赵普安插在驿馆门口的耳目！

正当赵光义内心忐忑不安的时候，老臣范质又意味深长地说道："陛下，得人心者得天下啊！"

赵匡胤不语，低头沉思起来。此时，一阵风从半合着的一扇窗户吹进来。赵匡胤突然感到脖了后面一阵清凉，心里想着："范大人果然是长者仁心！可范大人毕竟不懂武人之心。李筠要与朕比的，乃是武人的志气呀！可是，朕的志气，并非只是武人的志气，乃是想要使天下重归太平。只要藩镇割据，战乱的源头就不可能消失。"

"陛下！"老臣范质将眼睛瞪得如同铜铃一般大，脚下往前迈出了一步。

赵匡胤盯着范质情真意切的眼神，说道："所以，朕所应担忧的，不是一个潞州，乃是天下的战乱之源呀。当今天下，仅靠仁德，是不可能消除战乱之源的。该战还得战呀！如果一年的征伐，可换来十年的安宁，朕为何不战。如果朕可于马背上再征伐三十年，那当可换来天下三百年的太平。范大人，你可知朕的苦心。"

范质摇摇头，欲言又止，叹了口气。

"不过，朕以为范大人说得很对。好吧，朕要给李筠一个机会，让他回潞州！如果他能为我大宋安守上党，防备北汉，也是我大宋之福啊！另外，朕决定封李守节为武德使。陶爱卿，你速拟旨，让他过几日便与其父一起回潞州去吧。"

"是！"陶榖赶紧答应了一声，心里暗暗佩服皇帝的用心。陶榖长期侍奉周世宗，所依凭的不仅仅是溜须拍马、八面玲珑的功夫，他的才智，的确也在常人之上。他一听皇帝赵匡胤决定放李筠回潞州，而且封李守节为武德使，心里便不禁暗暗佩服。他知道，这个新皇帝在走一步险棋。这步险棋，表面上是再给李筠一次机会，对李筠有"退避三舍"之意，实际上却是将李筠置于一个危险的境地。李筠一旦回潞州，反叛的可能性很大，如果真的反叛，赵匡胤就会因为对李筠的宽容而赢得天下舆论的支持；如果李筠不反，则正中赵匡胤下怀。而且，他知道，新皇帝封李筠之子李守节为武德使，也显然并非一时之考虑，而是深思熟虑的结果。武德使是个武阶名，这个职位，唐代叫作皇城使。武德使的职责，是掌管宫城门的锁匙、木契，按时开启宫城门。新皇帝封李筠之子李守节为武德使，是在向李筠示意，朝廷依然对他信任有加。同时，也未尝没有拉拢李守节以离间其父子之意。

白发苍苍的范质未想到赵匡胤最后竟然说再给李筠一次机会，并且还真的允许李筠继续留守上党，不禁心下大为感动。"陛下还是看重我的意见的呀！李筠呀李筠！你不要辜负陛下的信任啊！"范质为赵匡胤之言所感，一时间哽咽不能语，心里暗暗祈祷李筠能够理解皇帝的苦心。

七

夜晚开封城内的街市上，路人熙熙攘攘，一派繁华景象。崇明门内大街上，伫立着一座有着三层楼台的高大酒楼。酒楼名曰"会仙楼"，高耸在路边，颇为壮观，站在第三层朝北的窗口，便可看到北边汴河银灰色的河水自西向东缓缓穿城流过。如果是夜晚，白天的喧嚣声褪去，在这家酒楼里，可以听到汴河的水流之声远远传来。这家酒楼在京城已经经营了多年。自周世宗登基以来，京城比以前稳定多了，于是四方商贾日渐云集，京城里的酒店生意自然是日渐好了起来。陈桥兵变后，赵匡胤颁布了一系列措施，禁止滥杀与抢掠，所以京城内市不易肆，商家照常买卖，酒楼照常营业。加之近来汴河等几条河道疏通了不少河段，来往商贾数量与昔日相比，不仅没有减少，反而还增加了许多。会仙楼自然也沾了商贾来往增多的光，酒店从里到外，重新装饰布置了一番，酒楼大门口，从楼顶到大门，高高悬挂着几串大红灯笼，在夜色里远远望去，一片灯火辉煌，显得格外醒目。

不过，此时的赵光义丝毫没有心情去欣赏酒楼的辉煌与京城的夜景。他没有骑马，只带了两个随从，身穿便服，从圣院街一直往南，走过汴河上的马军衙桥，脚步匆匆往崇明门大街上的会仙酒楼赶去。

赵光义带着两个随从一进会仙酒楼的大门，一个胖胖的红脸酒保便热情地迎上来打招呼。赵光义一摆手，将红脸酒保的热情挡了回去，铁青着脸，直接往二楼走去，两个随从紧随其后。

他们走上宽大的楼梯，上了二楼，又走过一段楼道，在一间包间门口停下。那包间门楣上，挂着一个名牌：仙人府。

赵光义在门口停了一下，看了一眼门上的名牌，随即伸出两手使劲一推，房间的门"嘎吱"一响，开了。里面的人似乎早知道有人要来，并没有锁住门。赵光义一使眼色，两个随从会意，往左右一站，守在了门口。然后，赵光义方才抬脚，稳稳当当地迈进了门槛。

包间里面，正中间是一张漆成黑色的八仙桌，屋里面有四个人：李筠、闾丘仲卿、儋珪、王彦升。李筠坐在上座，脸正冲着门。李筠的右手边，也就是从门口看去的八仙桌的左侧，大咧咧地坐着王彦升。闾丘仲卿本来坐在李筠的左手边，见到赵光义进屋，便匆忙起身离席，退到李筠身后，与本来就站着的儋珪并排站在一起。李筠、王彦升见赵光义进来，都未起身。李筠出于礼貌，只是向赵光义点了点头，王彦升则瞪眼看着赵光义。

八仙桌上，摆着一只银质酒注子，一只银质注碗，几只银质酒杯，几个黑瓷碗，几副筷子，还有数碟下酒菜肴。赵光义扫了一眼，识得那些菜肴，有蒸羊蹄、蒸羊肺、蒸羊肝、蒸羊头，还有一碟卤牛肉，一大盆大牛骨。此外，八仙桌上还有三屉蒸笼，叠放着，可以看到最上面一个蒸笼里面是热气腾腾的莜面窝窝。显然，莜面窝窝刚刚端上来不久。八仙桌后面仿照民居中堂的样子摆着一张长条案，案上一左一右摆着两只铜铸的香炉，从香炉镂空的花纹中,袅袅飘出极淡的白烟;屋子两侧,各摆了四张木椅,每两张木椅之间摆着一张与扶手等高的茶几。

"真是个不知好歹的家伙。"赵光义看了一眼王彦升那张流露着狂妄自大神情的脸,暗暗从心底对他感到厌恶。不过,赵光义并未感到吃惊,因为在他来之前,就已经知道了哪些人会在这里等他。但是在心底,他毕竟希望自己会见李筠的事情知道的人越少越好。他走到八仙桌旁,也不客气,直接落座,坐在了王彦升的正对面。

赵光义坐定后,看了李筠一眼,低下头,沉吟片刻,生硬地、异常坚定地说道:"赵普肯定已经知道我去驿馆看望过李将军了,此人不除,我们大计难定。"

李筠皱了一下眉头,心想,赵光义这个人果然心狠手辣,行事果敢,以后还真得小心这个人。他心下这样想着,口中问道:"你有何办法?"

赵光义阴着脸,不急不忙地说道:"在棣州,何继筠击败契丹来侵之敌后,慕容延钊已经分兵支援棣州,他自己带着部队在棣州以西直接北向出击契丹,契丹正独力难支。请李将军向契丹主修书一封,就说他们如果想与大宋议和,必须通过赵普去游说陛下。"

"哦?"李筠露出疑惑的神色。

赵光义顿了一顿,看了李筠一眼,随即把视线转向李筠的身后。他的目光,穿过李筠背后的窗棂,望向外面漆黑的夜空。此时,赵光义听到汴河的流水哗哗流动的声音。流水声远远传来,仿佛无数流浪者的低声呜咽,使初春的夜晚透出一股深秋的寒意。

赵光义就这样听着汴河的水声,沉默了片刻,然后收回视线,盯着李筠冷冷地说道："可让契丹人把贿金直接送入赵普的府邸。送出之前，务必让契丹人通知送贿金人抵达赵普府邸的时间。"

话到此处，赵光义将目光扫向王彦升，继续说道："到那个时候，要麻烦王将军一趟，还请王将军算好时间，立刻前去赵普府邸搜查。只要现场抓住赵普的把柄，我大哥就不得不以通敌之罪杀了赵普。"

李筠一直没有完全弄清楚赵光义为什么要寻求与他暗中结盟，又要求他不得轻举妄动。之前那个晚上，赵光义以寻找王彦升之名私至李筠下榻的驿馆，要求李筠今后暗中作为他在西北的同盟，同时警告他不得起兵对抗朝廷。他紧随王彦升进入李筠下榻的驿馆，也不是偶然。实际上，他一直派人跟踪着王彦升。他直接进入驿馆之时，李筠还未及让王彦升回避。王彦升自然清楚，自己私会节度使，这事如让皇帝赵匡胤知道，一定没有什么好结果。赵光义就是这样，抓住时机，将王彦升顺利地掌握在了自己的手中。

"但是这又怎样呢？只要能够对付赵匡胤，只要赵光义能够与自己站在一边，他的动机迟早是可以弄清楚的。至于我潞州起不起兵反宋，不是他赵光义说了算。一切还得看我的。"李筠暗中琢磨着赵光义提出的恶毒主意，紧紧抿起上下两片嘴唇，脸皮绷得紧紧的。又想到赵匡胤暗中被亲弟弟算计，内心不禁产生了一种充满恶意的快感。他扭头看了看王彦升，又看了看闾丘仲卿，那两人似乎都在沉思中，皆不说话。

李筠再次将目光落在王彦升脸上。对于王彦升的暗中投靠，他并不感到奇怪。他是赵匡胤的政敌，王彦升对赵匡胤起了怨恨之心而投靠他，一点不令人意外。

"王将军，怎样？"

王彦升抬起头来，两只三角眼中精光闪闪，恶狠狠地答道：

"行！就这么办，赵普那个假书生，半桶子水的家伙，俺也早看他不顺眼了。他凭着认得几个大字，就赢得了恩宠与信任。俺杀了韩通，他不仅不奖赏，还降了我的职，赵普这种人，只动动嘴皮，竟然也骑到俺的头上了，不杀他杀谁！借他之手除掉赵普，就让他自断臂膀！"王彦升由于激动，脸涨得通红，说到大宋皇帝赵匡胤的时候，出于怨恨，也放肆地只用"他"字替代。

赵光义听了，微微一笑，道："好，一言为定！告辞！对了，王将军，你记住，你若动反叛我大宋之心，我皇兄饶不了你，我赵光义也饶不了你！"说完，他站了起来，两只手往背后一抄，昂首阔步走向房门，以一种非常夸张的姿态拉开了两扇门板，然后抬脚迈出了门槛。他迈出门槛后，背对着屋内，意味深长地站住了，仿佛在倾听背后屋内诸人的动静似的。

王彦升听了赵光义的话，打了个寒战，一时不知所措，坐在椅子上呆若木鸡。

片刻之后，赵光义慢慢地转过身来，用犀利的眼光向屋内诸人的脸上扫视了一遍。他的眼光最后停留在李筠脸上。

"李将军，今后你我合作的机会多了。请保重！"赵光义说这句话的时候，一副不容别人反驳的神色，上半张脸阴着，下半张脸却流露出笑意，说话的语气中透出一股寒意。说完这句话，赵光义方才迈开步子，顺着走廊往前走去。

赵光义离去后好一会儿，李筠方才听到，远处的汴河在黑夜中"哗哗"地流动。他从座椅上站起身来，走到窗前，打开了窗子，往外面望去。他看见，在酒楼的北边，暗夜中有许多高高低低的黑影，他知道，那些黑影，有的是民舍，有的是树木。星星点点的火光，在暗夜的舞台上闪闪烁烁。再往远处看去，是一片巨大的黑暗，在这片黑暗中闪烁的微光，比他处排列得更加有规律。那片巨大的黑暗处，便是熄灭了大部分火烛的皇城。在皇城的北边和东北边，尚有几团光华从黑沉沉的暗夜中浮起，弥漫了一角黑黝黝的夜空。那是开封城杨楼街上、榆林巷内的妓院和瓦子。

李筠从远处那光华浮动的地方收回眼光，运起目力，使劲在离会仙楼北边不远的黑暗中寻找汴河的位置。当眼睛适应了黑暗后，他终于看到一些与烛火的光华不同的、单调地闪烁着的微光，这些微光，在黑暗中连成一条若隐若现的暗灰色带。那就是汴河吧？它究竟在这里奔流了多少年啊？李筠暗自叹了口气，心中不知为何产生了一种奇怪的失落感。这种失落感如此巨大，一时间几乎将他心中对赵匡胤的仇恨压了下去。

八

尽管已经是初春了，但是由于去冬超乎寻常的寒冷，辽朝南京①幽都府如今依然被笼罩在严冬残留的寒气中。去年冬天，一场大雪覆盖了北方辽阔的原野和无数逶迤起伏的山岭。在南京的北方，燕山的山岭还覆盖着皑皑白雪。即便是近处的西山，在山阴地带，厚厚的积雪依然没有化去。南京北面，其下辖的顺州境内的温榆河两岸，无数灰褐色的树干向灰色的天空中支棱着灰黄色的枯枝。枯枝重重叠叠，从河两岸向微微起伏的原野上延伸。在这片原野上，被寒冬冻住的土地在寒冷中尚未苏醒，到处是枯黄的野草和斑斑驳驳尚未化去的积雪。

一匹青灰色的快马，踏着冬日积留的残雪，载着一位秘密信使，从涿州方向奔向南京。骑在这匹马上的秘密信使，并非来自涿州，而是来自北汉的都城。他在涿州找到辽的驿站，在那里换得一匹快马，以尽可能快的速度赶往南京幽都府。当这位秘密信使冒着初春的寒气在北方原野上飞奔时，辽朝南京留守萧思温正在温榆河北面的原野上与侍从们一起进行着去冬以

---

① 辽朝的南京，又称燕京，今北京所在地区。

来的第一场春猎。

"夷离毕牙里斯！耶律夷腊葛那厮，不就凭着会打猎才当殿前都点检吗！你说是不是？"萧思温说这话的时候，将扣着弓弦的手指一松，只听"嗖"的一声，羽箭脱弓射向五十步以外的一只野兔。可是，那只箭飞到离野兔尚有两三步远的地方，突然往下一坠。射偏了！那只野兔往萧思温的方向扭头看了一下，却暂时未跑开，仿佛故意要取笑射箭人一般，在愣了一愣之后，方才摇摇摆摆往旁边一蹿，消失在一大丛乱草之中。

"是！是！打猎那是小技巧。大人身负守卫边疆对抗南朝之重任，雄才大略，岂是他耶律夷腊葛能比。"牙里斯见萧思温失手未中的，巧妙地将打猎之能贬为小技。他刚刚率军偷袭棣州，被棣州刺史何继筠父子用计谋击败，心中窝火，脸上无光，趁机想拍萧思温马屁，却没有想到恰恰又刺到了萧思温的痛处。

为了掩饰自己的尴尬，萧思温下意识地抬手想要摸一摸髡发后的头顶心，可是摸到的却是熊皮做成的雪帽。他放下手臂，讪讪地瞥了牙里斯一眼，眼光在牙里斯戴着的兜鍪上停了停。他看出那原是一顶宋将戴的头盔。牙里斯对它进行了一番小小的改造。兜鍪两耳处被打了孔，各挂上了一条貂尾，兜鍪的顶部，则插上了两支取自黑山野鸡的羽翎。在偷袭棣州的战役中，牙里斯损失一千六百人左右。为了在萧思温面前挽回一点面子，牙里斯特意找出一顶在之前战役中斩获的宋将的兜鍪，经过改造后戴在头上，并假称它是在偷袭棣州战役中斩杀宋军大将后掠得的兜鍪。

对于牙里斯精心改造的兜鍪，萧思温并没有直接发表意见，他顺着牙里斯的话说道："胜败乃兵家常事。汉人素来诡计多端，将军此次中了汉人的诡计，不必太在意。本帅迟早会报这一箭之仇！"

"是！"牙里斯不敢多言。

"皇上最近是不是离萧海黎越来越近了？"萧思温似乎漫不经心地问了一句。

"北边来人说，皇上不久前让他做了北府宰相的候选人。自从他续娶了嘲瑰翁主，就颇得皇上的欢心。"

"哦？是吗？"萧思温下意识地往北方望了一眼，仿佛是在遥望远方的辽朝皇帝。但是，他的眼光中透露出一丝嫉妒与愤怒的神色。牙里斯迅速捕捉到了这种神色。

"不仅如此，最近，北汉那边在给皇上进贡的同时，还向萧海黎馈赠重礼。"牙里斯仿佛是要刺激萧思温，说到萧海黎名字的时候故意加重了语气。

"哦？他萧海黎倒挺能捞好处！"萧思温语气中带着酸味，嘴角撇了撇。

"听说皇上还明示萧海黎可以接受北汉的厚礼。他可是深得皇上的信任啊。"

"牙里斯，咱不能再败给宋军了。这样下去，萧海黎可真是要骑到咱头上去了。那大周，嗯，现在该叫宋朝了，如今将咱逼得紧呀！你可有何对策？本帅看那慕容延钊、韩令坤都不是好对付的。"

"以末将看，咱不如在荣城、新城、固安一线构筑防线，谅他慕容延钊与韩令坤也不敢北进！"

"太轻敌了！太轻敌了！这些天，咱的骑兵已经在安肃一带与慕容延钊的先锋游击军打了几场小仗，这仗我看不好打啊！"萧思温下意识地掸去貂鼠毛护腰上不知何时刮来的一片灰黄色的枯叶，仿佛与宋朝的边界战争就像这片枯叶，轻轻一掸，就可消除。他历来注重自己的装束，今日春猎，特地穿上了戎装，甲具外面，罩了件黑绿色的左衽袍子，腰间皮带外面围着的那条貂鼠毛护腰可是皇上耶律璟钦赐的，他怎么能让护腰粘上枯枝败叶呢！即便是他胯下的青骢马的皮鞍具，也垫上了数层用黄红色丝带细密编织而成的垫子。在鞍头，还缀着数颗精美的水晶与靛石。

萧思温正与牙里斯说话时，一个侍卫将匆匆赶来的秘密信使领到他的跟前。秘密信使先到了南京幽都府的留守府，恰逢萧思温在温榆河北岸春猎。留守府的军校不敢耽搁，便亲自陪同他赶到了春猎场所。

萧思温拿到那封密信时，心情并不轻松。他有留守南京的职责，同时也负责率兵保卫辽朝的南部边疆。

去年夏四月壬辰日，萧思温丢失了乾宁军；辛丑日，他的部队再次败在周世宗手下，益津关被占领了；紧接着，癸卯日，周世宗率军攻下了瓦桥关。五月乙巳初一，周世宗又攻取了瀛洲。不久，萧思温的部队又丢失了易州、莫州两个战略要地。当时，南京全城陷入了无比的恐慌中，不论是达官显贵还是平民百姓，纷纷躲入了西山。为了挽回颜面，或者说，也是害怕皇帝耶律璟的惩罚，萧思温主动上表要求率主力亲征。也许是上天对萧思温还稍稍有些眷顾，这个时候，周世宗突然暴病，从雄州退回了开封。如果周世宗不突然暴病，局势还真不知道会发展成什么样。萧思温想起去年的那几场战役，至今心有余悸。

当时，周世宗在益津设置了霸州，又在瓦桥关设置了雄州。如今，这两处和其他几处战略要地已经归属于宋朝了。周世宗率大军南撤后不久，萧思温听说周世宗病故，终于喘了口气，便从益津的北郊——也就是霸州的北郊将军队主力撤回了南京附近。

随后，他听说周世宗的幼子柴宗训继位，心中琢磨着幼主初立，周朝国内必然人心未定，便乘机将主力派出，发动南征，并且与从土门东出的北汉军会合。他希望收复失地并在皇帝耶律璟面前挽回自己的声誉。可是，他没有想到的是，他的这次行动，竟然成了陈桥兵变的导火线。一个新的王朝——宋朝，因此而建立。当萧思温听说慕容延钊和韩令坤两路大军北向而来时，他心中的怯懦压过了欲求血洗耻辱的虚荣心，于是再次将大军回撤。在这之后，李筠的谋士阎丘仲卿派说客秘密前往南京，说服了萧思温派兵偷袭棣州。他本以为借助偷袭，可以掠回一批战马，稍稍挽回一点声誉。可是，他怎么也没有想到，偷鸡不成反而蚀了把米。他派出的偷袭部队竟然在棣州被棣州刺史何继筠父子用计谋击退。为此，萧思温一直闷闷不乐。春天的到来，并没有使他开怀。当李筠的秘密信使再次将一封密信送到他的手中时，他是怀着异常沉重的心情打开的。他不知道，这封密信究竟会给他带来什么。

尽管内心沉重，但是萧思温装出的样子倒是漫不经心的。打开密信后，他细细地读了起来。他是不需要通译的。在辽朝的高官中，他有一项引以为傲的本领，那就是精通汉文经史典籍，一封汉文的书信，对他来说再简单不过了。这封乃是北汉主的密信。在信中，北汉主劝说萧思温秘密贿赂赵普，通过赵普说服大宋皇帝下令慕容延钊、韩令坤从辽宋边界撤军。北汉主对萧思温晓以利害，尖锐地指出，如果萧思温真想在当前被动的局面下罢兵，这是唯一可能的途径；目前辽军经过与周世宗的战役后，元气尚未恢复，而慕容延钊、韩令坤一心想在新王朝中确立自己的地位，士气高涨，如果萧思温失利，宋兵收复燕云所有地区后，将对北汉极为不利，如果北汉受宋朝攻击，那么今后宋朝必然进一步将战线北推。北汉主信誓旦旦地说，只要暂时休战，一旦找到机会，北汉将与大辽再次携手，挥师南进，到那时，将有一个秘密的同盟者与他们共同对付宋朝。北汉主所说的秘密同盟者，即昭义节度使李筠。实际上，北汉主的这封密信，正是在收到来自开封的李筠的密信之后，根据李筠的计策而写给萧思温的。当然，北汉主并没有将李筠欲除去赵普的计谋告知萧思温。昭义节度使李筠通过密信告诉北汉主，只要通过这个办法除去赵普，他就一定于潞州起兵，届时联合攻宋，共分天下。北汉主怎么会放过这个机会呢！昭义节度使李筠、北汉主、辽朝南京留守萧思温就是这样，各自打着自己的小算盘。

萧思温坐在马背上，带着伪装的轻松神色，花了很长时间读完了密信。轻松，是他努力表现出来的一种状态。他希望自己的一副神情令送密信之人看到自己从容不迫的一面。实际上，由于之前在与周世宗的交战中连连败北，失去了几个战略要地，而最近派牙里斯偷袭棣州又失利，他的内心充满了不安。他担心皇帝耶律璟因为之前的失败治罪于他，他也担心与宋军交战再次落败进一步加重自己的罪过，他还担心朝内的同僚取笑他没有将帅之能——实际上这种背后的议论已经存在多年了。所以，他巴不得暂时与宋军不发生冲突，更希望在短期内不与宋军发生大规模的决战。所以，他的内心，不禁暗暗庆幸此封密信来得正是时候。但是，即便他内心已经做出了决定，他也还想在脸上表现出对北汉主和慕容延钊的不屑。

不过，萧思温脸上那种不屑一顾的神色并没有保持多久。这封密信内容所包含的价值，使他很快放下架子，迫不及待地回营帐写了回信。在回信中，他告诉北汉主，大辽也希望停止兵戈，使边疆百姓能够休养生息，因此，他会派人暗中潜入开封，秘密贿赂赵普。他也警告北汉主，如果宋辽边界能够暂时停战，一旦时机成熟，北汉务必要遵循日后与大辽共同对付宋朝的约定。在这之外，萧思温还向北汉主提出了一个要求：在他派人贿赂宋朝赵普的同时，希望北汉主停止暗中向萧海黎赠送厚礼，并暗示北汉主，他——萧思温，才是决定大辽未来国运之人。

九

　　这一日，赵普陪着赵匡胤去开封城东的汴河河段视察。视察完后，赵匡胤决意要"顺便"送赵普回府邸。赵普的府邸，在开封城内西大街上。西大街位于开封中轴线御街西边，它的东头与御街相交。因此，赵匡胤若要从御街回皇城，勉强也可说是"顺便"。开封城段的汴河东出口位于开封外城东水门外，实际上，从那里回皇城，有更近的路可走。不过，既然皇帝决意要送大臣回府邸，作为臣子的赵普也不好再说什么。

　　赵普本以为皇帝会在回家路上与他说些什么机要之事，结果赵匡胤却什么正事也没有说。一路上，尽聊了些家常。到了赵普的府邸门前，赵匡胤也未多说什么，率领其他侍从要臣折回御街。赵普不敢怠慢，站在府邸门前，目送赵匡胤一行慢慢往东行去，直到看着他们的背影在西大街东口往北折行，一个个在视野中消失。之后，赵普方慢悠悠地踱进自己府邸的大门，进了前厅。

　　他尚未站定，便见妻子周氏手中拿着一封书信，慌慌张张地迎了上来。

　　"刚才来了几个人，说是请你帮着在陛下面前美言几句，帮着争取契丹与大宋议和，还送了一大盒珠宝，尽是些珍珠玛瑙，还有些我不识的宝物。我实在推不了，暂时放在屋里，还有一封信，你看！"

赵普听了，神色顿时紧张起来，抢过信，打开火漆，一看之下，脸色刷地变白了，连连跺脚，急得像热锅上的蚂蚁。平日里，他自信自己是天下第一谋士，也自信有泰山压顶而脸不变色的定力，但是，这次他是真着急了。在自己的妻子面前，他忘了掩饰自己真实的心境。

"糟了，糟了！吾命休矣！"赵普仰头长叹。

赵普妻周氏闻言大急，问道："究竟怎么了？"

"这定然是契丹使的离间计，想借陛下的手除掉我！"

赵普在屋子里来回踱了几步，说道："只好如此了！快！你快去厨房，把酱菜坛子倒空，把契丹人送的珠宝放进去，然后弄张纸条写上日子，一并放入，封好埋到后院里。快去！"

周氏素来佩服自己的丈夫，将他看成神一般的人物，此时见丈夫如此慌张，知道出了大事，听了丈夫的吩咐，哪里还敢耽搁，一扭身，匆匆忙忙跑到厨房去了。

赵普抹了一把额头的冷汗，又大声喊道："赵升，赵升，管家！"

管家赵升听见呼声，一颠一颠地跑了过来。

"大人，有何吩咐？"

赵普伸手往腰带上一扯，扯下一块光泽柔和的玉佩，急匆匆说道："快！拿着这块陛下赐给我的玉佩，赶紧往御街北向去追陛下！我刚陪陛下去视察汴河疏通工程，陛下顺路送我回来，应该还未走远！一定把陛下请来！"

"陛下？陛下他能来吗？"

"就说他如果不来，我的小命就没有了。快，骑马去！"

赵管家从未见主人如此慌张过，不敢再多言，匆匆跑了开去。

听到管家骑着马"哒哒哒哒"奔驰离去,赵普方才在中堂的椅子上坐下来,喘了口气,手抚额头,陷入了沉思。

没有过多久,王彦升带着一队骑兵,自西头进入西大街,奔行到了赵普府邸门前,王彦升与诸骑兵勒住了缰绳,几匹马"呼哧呼哧"地喷着气,显然是经过了一阵子疾跑。

一名士兵奔到赵普府邸大门前,也不用门板上铜兽吞口中衔着的铜环,直接使上了拳头,"咚咚"地砸在黑漆大门上,催命鬼般一阵狂敲。

过了好一会儿,门"咯吱"一声打开了一条小缝,探出一张脸色惊惶的仆人的脸庞。

王彦升甩镫下马,二话不说,用力将门一推。那开门的仆人抵挡不住,慌忙闪身躲在一边。王彦升将三角眼瞪了瞪,一招手,身后的士兵如饿狼一般纷纷涌入。

这个时候,赵普匆匆从前厅跑出来,奔到院子里。他看到王彦升,心想:"没有想到,真让我猜中了。竟然来得这么快!一定是契丹人一面给我送信送礼物,一面已经向王彦升透露了消息。这招可真是阴毒啊!"他没有想到,这个计谋实际上乃是王彦升与赵光义等人共同策划的,契丹也是被利用的一方。

王彦升三角眼一瞪,眉头一皱,喝道:"赵大人,有密报说你私通契丹。来人,给俺搜!"他根本不将赵普放在眼里,也不等赵普答话,便招呼士兵展开了搜查。

赵普心想,这次是被契丹人的计谋给害苦了,尽管已经有了心理准备,但是遇到这个屠杀了韩通全家的王彦升,他如何能不紧张。眼见王彦升的一群虎狼之士开始在家中翻箱倒柜,他不敢多言,愣愣地站到一边,冷汗如雨而下,心里期盼着管家能够赶紧将皇帝赵匡胤请回来。在这一刻,他发现自己脆弱得就像一颗生鸡蛋，只要有人抬手轻轻一敲就会碎裂。他突然感到无比悲哀，自己一介书生，不，顶多算半个书生，即便再有智谋，在暴力面前，也根本没有丝毫的抵抗能力。在这种情况下，他还能依靠谁呢？他所能想到的，就是依靠更为强大的权力。只有更为强大的权力，才能制止眼前的暴力，因为在那权力背后，有着比眼前的暴力更为强大的暴力。

过了好一会儿，几个士兵推着周氏从后面的屋子中出来了。

"将军，什么都没有搜到啊！"一个士兵报告道。

王彦升听了，微微一愣，三角眼眯了眯。

"搜他身！"王彦升伸手向赵普一指。

"我是朝廷命官，谁敢搜我身！"赵普壮起胆子喝了一句，他是想尽量拖延时间。

几名士兵知道赵普深受皇帝的宠信，加之赵普在军中素有威望，一时之间不敢上前。

"赵大人，现在是有人告你私通契丹，本将军职责所在，你即便是一品大员，也要搜你的身！"王彦升嘿嘿冷笑了几下，朝身旁的几名士兵大声喝道："愣着干吗？搜！"

一名士兵犹豫了一下，壮起胆，走到赵普跟前，欲搜赵普的身。

赵普心想，你还真来呀！他胸中一时怒气上冲，伸手去挡那士兵。

王彦升一见，对几个士兵又喝道："你们几个，把赵大人按住了，让他老实些！"

几个士兵得令，硬着头皮冲了上去，从两边扭住赵普的手臂，另有一个从后面用胳膊箍住了赵普的脖子。又一个士兵冲上去，开始搜赵普的身。赵普大吼大叫，疯狂地挣扎着。可是他一个文弱之人，哪里能够挣脱几个强壮军士的手臂呢。

那士兵在赵普身上摸索了一会儿，果然从他怀中掏出一封信，丝毫不敢停留，赶紧递给了王彦升。

王彦升拿到那信，展开一看，哼哼冷笑。

"果然私通契丹！给俺带走！"

几名军士因为激动，涨红了脸，连拉带扯押着赵普便往门口走去。周氏追在赵普旁边，哭泣着，呼喊着。可是，在一群如虎似狼的军士面前，女人的呼喊并没有引发任何同情，反而在某种程度上刺激了这些军士内心的残忍。

突然，几个押着赵普的军士停住了脚步。

在赵普府邸的门口，赫然出现了赵匡胤、范质、魏仁浦、李处耘等人。管家赵升果然追上了皇帝，并且真将皇帝请回来了。

赵普见赵匡胤出现，大声呼叫："陛下，陛下，臣冤枉啊！"

赵匡胤见一群士兵押着赵普，不禁怒道："这是怎么了？谁敢抓赵大人？"

王彦升未料到皇帝会突然现身，心中暗暗奇怪，却也不紧张，心想："来得正好，反正信已经搜到，正要借机告赵普一状，除掉这个可恶的书生。"他心里一边打着乘机除去赵普的主意，一边与士兵们一起下跪。

"陛下，微臣得到密报，说赵普大人收了契丹贿赂，想帮助契丹与我大宋议和。这是契丹人给赵普的密信！请陛下明察！"

王彦升跪着将信呈了上去。

赵匡胤沉着脸，将那封信接过来，看了看，手指又摸了摸赵管家送来的那块玉佩，心想："赵普啊，赵普，若非你及时请朕过来，这事还真是说不清楚了。可是，这契丹南京留守萧思温怎么就偏偏给你赵普递送密信呢？难道就不能堂皇一点派使者议和吗？王彦升又是怎么得到密报的呢？看样子这事情得查一查。"

赵匡胤这样想着，口里却说道："很好！议和是好事，正可免去边疆生灵涂炭！赵普，信中说的珠宝呢？"

"请陛下与诸位随我来。"赵普答道。他已经很快从震惊中恢复了过来。赵匡胤的到来，使他感到自己有了后台。况且，他之前早已经留了一手，来应付可能出现的问题。

赵普示意妻子带路。

在赵普与其妻周氏的带领下，诸人穿过两进屋子，来到后院。赵普府邸的后院并不大，院子里长满了枯黄的野草，院子的东西两侧种着几棵石榴树。初春寒气重，石榴树的枝干还在风中光秃秃地摇曳着。

周氏带着众人走到院子西侧的一棵石榴树下面。众人低头看去，只见那棵石榴树下有一块土的颜色较周围要黑，显然是新翻过后又用浅浅的浮土盖了盖，只是盖得还不甚严实，所以露出一些深色的泥土来。赵普妻蹲下身子，也不去拿铁锹，就用手在石榴树下扒拉起来。赵普见了，心中心疼妻子，也蹲下身子，一起扒拉起泥土。王彦升心中暗想："原来是将珠宝藏在此处，看你赵普待会儿如何交代！"

不一会儿，赵普夫妻俩便将一圈泥土扒开，从地里挖出一个坛子。众人打眼看去，那坛子是一个青釉菊瓣纹罐。罐子表面虽然尚沾着浮土，但众人已经瞧出了它的本来用途。众人心想：这不是酱菜坛子吗？

赵普蹲着身子，揭开了酱菜坛子的盖子，随即站起身，向赵匡胤说道："陛下，请明鉴！"

赵匡胤不知赵普何意，微微一蹙眉，蹲下身子，往坛子里看了看。只见坛子内果然装满了珍珠玛瑙等宝物，这些宝物的上面，放着一张纸条。他伸出一只手，往坛子里一探，将那张纸条摸了出来。

王彦升见赵匡胤拿出一张纸条，原本得意的神色慢慢消失，两道眉毛渐渐往眉心靠过去。他不知道那纸条是怎么回事儿，内心里不禁"突突突"地打起鼓来。

赵匡胤将那纸条拿在手中定睛一看，却见纸条上用毛笔草草写着：建隆元年二月七日，北辽议和金，待充公。他又看了看纸条，微微皱了皱眉，再次蹲下身子，这次他从坛子里摸出一块宝石，宝石上沾着一片咸菜叶子。

这时，赵匡胤的眉头舒展开了，笑道："呵呵，诸位，瞧瞧，这宝石上还有酱菜叶子哟！"

赵普忙接口道："陛下，这些珠宝是臣刚刚放入酱菜坛子的。"

赵匡胤微微点头，说道："看来，这是契丹的离间计啊！彦升，你可中了契丹的离间计了！这情报还真及时呀，你要赶紧追查向你告密之人，那人定然是契丹的奸细。赵普，看来契丹人把你视为眼中钉了啊！朕可不会上当。不过，你就代朕转告萧思温，朕即刻令慕容延钊将军停止进攻，也请他们好自为之。这些珠宝嘛，一半充公，一半就赏给你了。"此前，赵匡胤审问过十几个从棣州押解回来的契丹士兵，从这些人口中，已经知道了偷袭棣州的契丹军乃是萧思温帐下大将牙里斯。

王彦升没有想到赵普仓促之间会想出这样的妙计保全自己，心里担心赵匡胤会继续追查此事，见皇帝不追究，一时之间满脸惶恐，哪里还敢多言。只是经过此事，他对赵匡胤、赵普的恨意又有了些增长。

赵普此时已经舒缓了脸色，说道："陛下英明，谢陛下！"

"行了，诸位散了吧！"赵匡胤哈哈一笑，向众人说道。

说罢，赵匡胤一转身，往来路便走，范质、魏仁浦、李处耘等侍从也不多言，尾随而去。王彦升知道，此时不该再说什么，阴沉着脸，带着手下，也出门去了。

众人离去，赵普呆呆望着。他那绷紧的神经终于彻底松了下来，脸上的神色也彻底舒缓了。可是，片刻之后，他又陷入了沉思。

赵普妻怯怯地问道："相公，没事了吗？"

赵普突然露出恐惧的神色，喃喃说道："这件事看起来没有那么简单。我想到了此事可能是契丹人的离间计，可是却没有想到王彦升会这么快出现。方才让赵升去请陛下，完全是出于预防契丹人陷害我考虑。但是，我真未想到事情会发展得如此之快，未预料到王彦升会这么快带人来搜查我。这件事背后，一定有咱大宋的人在策划。如果——如果这事不是契丹人策划的，那么策划此事之人，真是太可怕了！太可怕了！"

"谁太可怕了？"周氏惊问道。

赵普打了个寒战，眼前突然闪现出那日朝堂上赵光义看他的眼神。

"赵光义！这个人很可能是赵光义！我刚才还只怀疑是契丹人使出的离间计，可是，这也太巧了啊。不久前，陛下让我监视李筠的行动，结果发现王彦升、赵光义几乎于同一时间私下会见李筠。现在，王彦升突然来查我，偏偏恰好这时契丹的密信到了。假如是赵光义策划的，那么契丹人也是被利用的对象，他是想要借契丹人除掉我。"

"那你怎么不和陛下说清楚啊？"

"夫人好糊涂啊！他可是皇弟啊！况且，这只是我的猜想，我又没有证据啊。"

"那如何是好？"

赵普踩着浅浅的枯草，在后院里来回踱了许久。他感到，仿佛有一团巨大的乌云正在自己头顶渐渐形成。这团乌云越变越大，越变越大，渐渐弥漫了天际。他觉得自己变成了一只蚂蚁，在这团巨大的乌云下面迷惘无助地爬行。他的生死，不会有人关心。即便他立刻消失得无影无踪，天上的乌云仍会继续积聚，地上的大河大江仍会继续奔流。人是多么渺小啊！赵普张目四望，茫茫然然。在乌云形成的恐怖的阴影里，后院周围的游廊渐渐往远处退去，变得遥不可及；后院里的几棵梓树也变大了，它们在乌云中摇摇晃晃地摆动着，仿佛是张牙舞爪的恶魔厉鬼，随时要俯下身子来一把将他攥在手中，然后慢慢地撕裂；即便是那些在去冬的寒冷中生存下来的杂草，也仿佛一下变得巨大无比，成了那些恶魔厉鬼的帮凶。"不行，不行，我不能就这样陷入被动。必须冒险争取生存的机会。赵光义的势力不是我所能对抗的。如果现在还不自己争取，没有人会可怜你，没有人会帮助你。人世是残酷的战场，你必须顽强地战斗！赵普啊，赵普，你不能就此被击倒，如果你现在倒下了，陛下就会重用吕余庆、刘熙古等人，他们的智谋不在你之下啊。赵普啊，你只好如此了！"刹那间，赵普感到头顶无边无际的巨大云团中闪出一道强烈无比的闪电，这道闪电撕裂乌云，照亮天地，让天地间的妖魔鬼怪在电光中发疯般地颤抖，让他心底的热血一下子充溢到全身的每个毛孔。

无比凝重的眼神！周氏在夫君的眼中，看到了燃烧的火炬，在火炬背后，又有一种令人畏惧的寒意。

终于，赵普仿佛下了巨大的决心，口气生硬地说道："不行，我得赶紧去拜会赵光义。只好如此了。"

半个时辰后，赵光义府邸来了一个神色紧张的客人，此人正是皇帝身边的第一智囊赵普。

在过去的半个时辰内，这个天下第一智囊的脑子不知道转了多少遍，各种利害关系在他脑子里被反复权衡，各种权力关系被反复比较，他算计着眼前可以对自己造成威胁与可以为自己提供支持的种种力量，算计着一年后朝廷中的权力分配，算计着十年后的天下局面，甚至算计着五十年后的天下格局。赵普痛苦地算计着自己的命运，看透了自己在这个新建王朝中的命运。但是，他不甘心，他不甘心做一个平凡的唯唯诺诺的臣子，他决心，不仅要自救，还要在这个新建的王朝中建立自己的功勋，开辟自己的天地，成为执天下牛耳的重要人物。为此，赵普决定去拜访赵光义。他知道，他必须走这一步，他必须冒这个巨大的风险。他的这个举动，尽管在外人看来也就是一次朝廷官员之间的普通拜访，但实际上却远比战场上的刀光剑影更为凶险。他心里很清楚，如果他这次拜访的目的没有达到，那么他就输了，他会输掉一切，包括生命。但是，如果他达到这次拜访的目的，他将改变大宋王朝今后的命运。当他想到这点时，他那脆弱的身躯便仿佛被一股神圣的力量充溢了。所以，当他坐上牛车往赵光义府邸赶去的时候，心中的激动盖过了恐惧。

此时，赵光义刚刚从王彦升那里知道了所发生的事情，对赵普的突然来访，真的是大感意外。

"难道赵普知道是我在背后算计他不成？"赵光义暗暗提高了警惕，他用鹰一般的双眼，狠狠盯着赵普。但是，他发现，赵普的眼睛里并没有愤怒，脸上没有丝毫兴师问罪的表情。"这家伙葫芦里卖的什么药？"他暗暗感到困惑。

"赵普大人，今天怎么有空光临寒舍呀？"赵光义故作镇静。

赵普不亢不卑地站到赵光义面前，深深地鞠了一躬。

"在下求大人勿要同李筠来往了！还是全力辅佐陛下吧！"赵普面不变色地说道。

赵光义冷冷一笑，说道："哦？此话怎讲？陛下是我兄长，正是你我一同助他登基，赵大人何出此言？"

"陛下顺天意继承大位，诸军拥戴，慕容延钊、韩令坤、石守信、高怀德等节度使个个手握重兵，有他们几个全力拥戴，李筠即便有扬州李重进支援，也没有胜算。"

"我想，赵大人是因为我去拜望李筠，才有这么一说吧。其实，那只不过出于当年同侍周世宗的情谊，我怎能与他为伍。赵大人多虑了！"

"但愿如此。不过，在下想说，我会誓死忠于陛下，但陛下百年之后，我希望能够追随您。"

赵普的这句话，说得轻描淡写，但在赵光义听来，却不啻于雷霆，他正端着茶杯喝茶，手微微一震，茶水几乎泼出。

赵普看在眼里，心想，果然不出我所料，皇帝的亲弟是觊觎着皇帝的位子呢。他知道，自己此次拜访要达到的目的已经有了一线希望。

于是，赵普说道："陛下英勇神武，宅心仁厚，明断是非，且有远见卓识。不过，陛下毕竟是武人，如果论下棋，他能算三步，微臣却可算十步。您必有一天会需要我。我只求大人一件事，他日陛下百年后，大人您应以天下百姓为念！"

赵光义打了个哈哈："赵大人啊！你这人，不仅想象力丰富，而且想法也稀奇古怪！你可知道，你的这番话，可有谋反之嫌啊，我兄长剐了你也不为过。念你我共事多年的情谊，话就说到这吧，就当我今日没有见过你！"

赵普盯着赵光义的眼睛，不再多言，屈膝下跪。

"谢主公！"赵普这次用了"主公"称谓。

赵光义也不答话，脸上强作镇静，心中却如同狂风中的大海，掀起了滔天巨浪。"此人的眼光真是可怕，竟然看透了我心中偶尔冒出来的念头，有机会得设法除掉他。可是，如果我真有问鼎天下的机会，也许还真需要他的辅助。他今日既然当面称我主公，看样子已然抱了必死之心。如果我说出去，他就是杀头的罪。谅他也不敢背叛我。不如暂且静观其行。"赵光义心中风起云涌，在激动的心情漩涡中仔细地盘算着，静默了片刻，方对跪着的赵普说道："赵大人是糊涂了。如果不是看在你我多年共事的交情上，我便将你交给陛下了。今日，就当我没有见过你。你起来吧，以后这样的犯上之话休要再说了。"

赵普听了，暗暗松了口气，心想："赵光义看样子是信了我的话，至少暂时可以放过我了。陛下，请您体会我的苦心，原谅我的所作所为！我这也是为了保全自己。我留得性命，方能助陛下打开新王朝的局面啊。"他心中抱着对赵匡胤的歉疚，同时为自己的怯懦寻找着借口，带着这样纠结的想法，带着一种深刻的屈辱，带着一种奇怪的骄傲，他慢慢地弯下腰屈下身子，再次向赵光义磕了三个头。当他缓缓站起身来的时候，他一字一顿地对赵光义说道："臣这次代天下百姓谢主公！"他说完这句话的时候，感到自己的眼眶竟然湿润了。他是被自己的大志向感动了，尽管这一大志向，要在忍辱、背叛之后才能实现，要让他被怯懦的退让、自私的谋算所折磨。

十

"阿言，快端一屉过来！"钱阿三向刚收留到家里没几天的年轻人吆喝道。

"来了，来了。"阿言手忙脚乱地从一摞蒸笼的最高层取下一屉蒸饼，因为慌张，蒸笼在手中一歪，差点打翻了。

"笨手笨脚！敢情从来没干过活啊！"钱阿三眉头紧紧皱了起来，怒气冲冲地喝道。

"是是是！我一定小心。"

"老头子，你咋尽挑这孩子毛病呢？他是贵人落难，本不该像咱这般干这粗活的。老头子，你就会揉个面，当自己有啥大本事！"还没过几天，老太婆已经疼爱起这个刚来的年轻人，数落起自己的老头子。

"算我多嘴。你也别夜叉一般嚷嚷个没完啦！"

"哎呀，敢情是我的不是啦！说我夜叉，也不瞧瞧你自个儿，简直就是被雷公劈过的倭瓜。"老太婆一边揭开烧肉的锅盖查看燎肉是否做好，一边用尖刻的话语回嘴。

"老太婆，你就别吆喝啦！这不是客人在等着吗！我不说便是啦。还吆喝啥啊！"

"干娘,是我的不是啊!"叫阿言的年轻人将新蒸好的一屉蒸饼搁在钱阿三面前的木板台面上。

"瞧,这不是,他自个儿都清楚!"钱阿三忍不住还击,扭身又满脸堆笑对一个常来买蒸饼的熟客说,"刘爷,今儿个早啊。还是来四个吗?"

"对,看你们多热闹啊,你这干儿子挺能干啊!"叫刘爷的老头笑着说。说话间,刘爷已经将自己带来的布包裹打开放在钱阿三面前的台子上。

"就他啊,简直一木头,哎,哈哈哈——"钱阿三听到人赞他刚收留的年轻人,嘴上继续数落,心里还是乐开了花。

钱阿三手脚麻利地用一个竹夹子从蒸笼中夹出四个冒着热气的雪白蒸饼放在台面上,也不怕烫,用手压着,拿刀一个个片开,又从旁边的一个大瓷盆中夹出四片切得厚厚的五花燏肉依次夹入那四个掰开的蒸饼。

"好了,好了,让您久等啊!"钱阿三说着,将四个夹好燏肉的蒸饼放入刘爷的包裹。

"客气客气。来,十文,搁这咯。"刘爷掏了一个十文的铜钱,自个儿放在钱阿三面前的木钱盒子里,卷起包裹挥挥手走了。

"瞧见了,弄夹肉蒸饼,手脚就得麻利些!"钱阿三扭过头,得意地对阿言说。

被唤作阿言的,正是韩通的儿子韩敏信。他不敢说自己的真名,便从自己的名字中拆出了两个字,自称"韦言"。钱阿三夫妇中年丧子,见这年轻人虽然稍稍有些驼背,但相貌端正,吃苦耐劳,便认他做了义子。

韩敏信到钱阿三家中已经有几天了。这几日的生活,是他之前从未体验过的。每日早晨，他与两位老人一样早早起床，开始一天的忙活。当第一次吃着自己做的蒸饼夹燻肉的时候，他偷偷流下了眼泪。从前，他有自己的家，每日早晨、中午、晚上，都有仆人将各式各样的美味佳肴端送到自己的面前。什么南食北食，什么山珍海味，他吃过的、见过的实在太多了，多得他懒得去想、懒得去记。他从来也没有关心过那些东西是从哪里来的，从来不知道一道菜一个饼是如何做出来的。可是，一夜之间，他什么都没有了，亲人全都死了，唯独他还苟活在世间。当他咬着自己亲手做的蒸饼，当蘸了椒盐的燻肉的味道刺激他似乎已经麻木的味蕾的时候，他哭了，眼泪顺着已经在风霜中变得粗糙的脸颊，落在刚刚出笼的滚烫的蒸饼上，和在了椒盐的咸味中，和在了燻肉的香味中，被他自己吞咽到肚子里。"哎，孩子，别想伤心事咯！"干娘看到他哭了，好心地劝慰。可是，这个好心的妇人看出了他的伤心，却没有看到他内心的仇恨。他将自己刻骨的仇恨，藏得很深，掩盖得很好。他知道，一旦他的秘密被人发现，他的计划就会落空。只有在夜深人静的时候，他才会向黑暗的虚空怒睁双眼。在那个时候，他感到自己与黑暗很亲很近，甚至觉得自己与无边的黑暗有一种深刻神秘的联系。黑暗，在他看来，并不可怕，而像一个可以信任的主人，保护着他，为他造出天下最安全的幕帐。黑暗，在他看来，也像亲近的好友，可以无比耐心地听他最为秘密的倾诉。偶尔，他还会在无边的黑暗中看到一团柔和的光。在那团柔和的光里面，有一个女子的面容。在那一刻，他就向他亲密的朋友——黑暗——祈祷，祈祷它能将自己心里的秘密传递给那个女子。在他的内心，理智上没有抱什么期望能够再次遇到她，感情上却固执地暗示自己一定会在不久的将来再次见到她。她的音容笑貌，她发梢上的那缕幽香，时时在最黑最沉的夜里，透过那团柔和的光，浮现在他的眼前。可是，他还不知道，他朝思暮想的女子，正是他心中痛恨不已的仇人赵匡胤的妹妹阿燕。他根本没有想到，命运已经在暗中为他准备了一个残酷的玩笑。他无法预料与她再次见面会发生什么。

他已经面对过死亡，对它也有了一些了解，所以，他对它已经不像以前那样惧怕了。但是，他感到，还有比死亡更加可怕的东西，一直缠绕着他。是的，是仇恨！有时，在黑夜中，他想到这一点，就会情不自禁地战栗。当然，也只有在黑夜里，他会让自己因仇恨而战栗。在白天，在将自己的仇恨隐藏得很好。他知道，只有这样隐忍，自己的计划才能顺利推进。他知道，有智慧作为助力，他一定可以找到仇人的破绽，届时，他就可以用自己的力量，来为死去的亲人们报仇。

韩敏信被钱阿三收留之事，并非真的出于偶然。实际上，他早已经在东华门街上观察了多日。他不是对东华门街感兴趣，也不是想过平凡老百姓的生活。他的目标，是进入皇宫。要进入皇宫，为什么偏偏要选择去做蒸饼夹肉呢？原来，这东华门街的西端就是宫城的东华门。宫内御膳房、尚食、尚衣等部门中的下人都喜欢抽空从东华门出来到东华门街买食材、小吃、瓜果、日用杂物。除了这些来自个人的零散的消费，内廷御膳房也常常派专人来这条街上集中采购一些食材和日用。正是因为有了宫城内出来的这部分人的消费，东华门街才日趋繁华，成了京城最为著名的小吃一条街、日用杂物一条街。韩敏信经过多日的观察发现，到钱阿三这里来买蒸饼夹燺肉的诸多客人中，果然有内廷的人。这个发现，对于他来说不啻是黑暗中的一道闪电。于是，他精心策划了一个计划，那就是通过给钱阿三做帮工，结识内廷的人，探听内廷的情况，然后找机会混入宫中刺杀赵匡胤。

钱阿三当然想不到自己好心收留下来的年轻人就是韩通的儿子韩敏信，更不知道他心中藏着一个刺杀新王朝开国之君的计划。他的好心，使冒名为"韦言"的韩敏信，有了一个实现其可怕计划的机会，同时，也有了一个新家。

十一

"夏莲，这颜色可配这翡翠镯子？"赵光义的夫人小符扯着一块绸子，问旁边的婢女夏莲。

小符长得酷似其姐，一张鹅卵形的脸，鼻梁挺拔，鼻尖微微翘起，说话的时候，一双妙目秋波荡漾。这日，她用白粉淡淡地扑了双颊，用眉笔细细描了浅浅的柳叶黛眉，用胭脂轻轻地点了樱桃小嘴，又在额头贴了额黄，梳起高高的朝天云髻。在云髻前正中，她插上了一支花样精巧、华丽耀目的金桥梁花筒钗；发髻两侧，又各斜插了一支镶着蓝宝石的金花步摇；耳垂上，则戴上了金镶水晶紫茄耳环。她的身上，外披一件宽大的绯红镶边罗衫大袖，内里着一件紧身的浅褐色罗绮衬衫，被衬衫勾勒出来的窈窕的腰身，在薄薄的罗衫大袖里面若隐若现。

"夫人，您的肌肤白似雪，这浅绿的绸子虽然配得镯子，却衬不出您的肤色了！"穿着大红底子白色碎花窄袖上衣的婢女夏莲忽闪着大眼睛，口齿伶俐地回答道。

"偏送了这一对人见人爱的翡翠镯子，要配件背子，也好不容易呀！这王彦升将军，也亏他有这个心思。"小符微微露出嗔怒的神色，而这神色下面，真正流露出的则是因对自己姿色非常自信而产生的洋洋得意。

"可不是吗，这对翡翠镯子毕竟不是凡品，一般的颜色可配不上它们。"

"那这匹呢？"小符松开手指，弃了手中的那匹绸子，又从桌上扯起另一匹。

"这粉色倒是可爱，可不如那匹墨绿色的更配那翡翠镯子。"

"嗯，说得也是。只是，这墨绿色的绸子轻薄了些，裁成了背子初春穿，可要凉了身子。"小符莞尔一笑，又问道："哎，你说，那粉色是不是配我的发钗子呢？"

夏莲羡慕地看着小符插在发髻上的金钗。此式样的发钗乃是京城巧匠不久前新创的。小符戴的这支金钗，钗子的钗脚乃用两根粗金丝合并而成，在钗脚顶端，两条金丝线分向两边成为钗梁，钗梁段的金丝被小心地打造成薄片；巧夺天工的首饰匠还在这两段半指宽的钗梁金片表面打造出线条细密的水云纹，水云上面，还漂浮着一朵朵张开花瓣的莲花。在每一朵绽开的小小的金莲花的花心，首饰匠人用细细的金丝固定着两个细长的喇叭状的金花筒。这两个金花筒实际上是用一片金箔对卷而成的，即便是这小小的喇叭状金花筒的表面，也被打造出许多更小的金色小花。在两个金花筒的顶端，竟然还都扣着一朵张开着四瓣花瓣的花帽子。金花筒顶端每一朵小小的花帽子也是用一片金箔打造成的。插在小符乌云般的发髻中的这支金桥梁花筒钗，金桥的上面一共有十三对金花筒，金桥的两边各六对，中间专门打造一对将两边六对金花筒连在了一起。这支金桥梁花筒钗整体看起来很大，但却不重，戴在发髻上，丝毫不觉分量。

此时，阳光透过花格子窗棂，正斜斜照在小符身体的一侧。

夏莲盯着小符头上的金钗。只见它上面细密繁复的花纹在阳光照耀之下，发散出点点星星繁密耀眼的金光。随着小符身体与头部的动作，这些金光变幻不定，迷人眼目，金钗的华丽实在是令人惊叹。而小符发髻两边的步摇，仿佛也不甘被金桥梁花筒钗的风采比下去，迎着小符头部的晃动，炫耀着蓝宝石夺目的光彩。小符的金镶水晶紫茄耳环，却表现得低调含蓄，偶尔在阳光的照射下，才忽闪几下幽幽的紫光。但是，这含蓄的幽幽紫光，却为面容俊俏、身材窈窕的小符于华贵中更增添一种别样的动人风韵。

"其实，夫人穿哪种颜色都光彩照人哟！"夏莲笑着说。

"你这小妮子，嘴巴倒甜。这样吧，你一会儿出去，让吴掌柜明日再带些样子来。这几匹绸子，你都拿到前厅，退给吴掌柜。哎，等等，还是将这匹墨绿色的和这粉的留下吧。回头，让吴掌柜将这两色绸子每样再带上三匹，我让人将它们送到西京，孝敬孝敬我那位可怜的姐姐。"小符对夏莲说道。

说话间，小符发髻上那金钗点点星星的光彩，不停地闪烁着，变化着。

她自个儿心里思忖，往日姐姐有姐夫撑腰，母仪天下，如今没了姐夫，儿子的帝位也没了，是再也不能如往日那样过富贵的日子了，而我的好日子还在后头呢。姐姐，今后是你该羡慕我这妹子了。这样想着，她不禁通过对比姐姐的没落而生出了一丝得意。

小符往日里最喜爱打听东家长西家短，每当知道别家女人买了什么新奇的首饰，添了什么新潮的衣裳，便在心里羡慕不已。当年她的姐姐被封为后周的皇后，看着姐姐穿着华贵无比的皇后服，戴着满头金翠灿烂的凤冠，她的心曾经被嫉妒的火焰无情地灼烧了许久。她对姐姐的嫉妒之心，属于因近亲腾达而产生的嫉炉。姐姐一时间成为诸多男人心中膜拜的女神，成为天下女人的榜样，姐姐的光芒，一度让她黯然失色，这怎能不让生性好胜又爱攀比的她产生嫉妒呢？

令小符感到意外的是，她的话语并没有换来她期待的反应。

夏莲接口道："大人不是说近期不要与周太后接触吗？夫人还是把这些绸绢留着自己裁衣服吧。"

小符听了夏莲这句话，丢下手指捏着的绸子的一角，倏然转过身，变了脸色。她的脸色的变化，就如阳光灿烂的天空突然密布了乌云，就如柔波荡漾的湖泊突然封冻了寒冰。

"你这小婢子，啥时候轮着你教训起我来了，"小符厉声对夏莲喝道，"我给我姐送几匹绸绢用得着你指手画脚？——近期不要与周太后接触？这倒奇怪了，大人啥时候与你说那样的话？"

小符用眼光上下扫了扫夏莲。她的眼光在夏莲挺拔的乳房与纤纤细腰处停了停，随即眉毛一挑，酸溜溜地说道："哦，瞧你这么蛾子般的身段，莫非你将大人勾上了你的床，大人在床头跟你说了那些话？"

说着，小符突然一抬手，重重扇了夏莲一耳光。夏莲粉嫩的脸庞上顿时留下了红红的掌痕。

夏莲未料到夫人突然发怒，只感到脸庞火辣辣地痛。可是，这脸上的伤痛比起心里的委屈又算得了什么呢！她只觉得羞辱万分，一时间憋红了脸，眼泪在眼眶子里转了转，便如珍珠一般顺着脸庞滑落下来，滴落在胸襟上。她双膝一软，"扑通"一声跪倒在小符跟前，哭泣道："夫人错怪奴婢了，夫人，您、您是忘了，正月底的那天，夫人想要往西京给周太后送把宫廷样式的象牙梳子，大人制止了夫人，当时，奴婢正好侍立在旁，便将大人的话记在心里了。奴婢哪有侍候大人的福分啊！"

正月底那天？小符突然想起，那天赵光义确实曾经制止了自己要给姐姐送梳子的行为，而且那天赵光义确实说了那样的话。她心知方才是自己多心，错怪了夏莲。可是，她并不想给夏莲认错。如果向一个下人认错，我以后还如何能有自己的尊严。不，不行！她挺了挺胸，昂了一下脖子，生硬地说道："你以为我就记不得那天大人说过的话了吗？大人害怕他的兄长，我可不怕，我父亲手握雄兵数十万，大人的兄长即便现在做了皇帝，也不敢拿我怎样。我要给我姐姐送几匹绸绢，还怕他杀了我不成！"

夏莲不敢多言，跪在那里泣不成声。

"你这小婢子，别以为自己有几分姿色，就在大人面前耍狐狸精的那套功夫。你若真想男人了，我便让大人把你送去东鸡儿巷做了'草儿'①，自有你快活的日子！"小符脸上蒙着一层寒霜，冷酷无情地训斥着跪在地上哭泣不止的夏莲。

正在这时，赵光义挺着身板，昂首阔步走了进来，见婢女夏莲跪在地上泣不成声，一时不知发生了何事。

"这是怎么了？是什么事情让夫人如此大动肝火？"赵光义不动声色地问道。

"起来吧，一边侍立吧！"小符冲着夏莲说道，并不直接回答赵光义。

夏莲听了小符的话，怯怯地站了起来，往旁边退了几步，努力控制着颤抖的身子，侍立在那里。

"这小婢子，一点规矩都没有，竟然对我指手画脚了！"小符噘着嘴，怒气冲冲地说。

赵光义看着小符满脸怒气，噘着一张樱桃小嘴，胸脯因为生

---

① "草儿"是宋元时期的市语，意思即妓女。

气而一起一伏，那样子与平时相比，倒是显出一种特别的妩媚，不禁一笑，道："哦？这倒是新鲜。"说着，走上前两步，搂住小符的纤腰，搀着她走到桌前。

"我只不过想给我姐姐送几匹绸绢，这小婢子竟敢用相公的话来挤对我！说什么近期不宜与周太后接触！"小符在自己的夫君面前继续耍上了脾气。

"是吗？"赵光义听了，往旁边侍立的婢女夏莲瞧了一眼，只见她丰乳细腰，粉嫩的脸庞上兀自挂着两行珍珠般的泪珠，一副楚楚动人的模样。"之前我竟然未注意到府中有如此尤物，而且还有如此胆识，真是埋没了佳人了！"赵光义这样想着，心中已然对夏莲生了几分怜爱之心。

"即便相公那样说，我也偏要送，"小符冲赵光义耍起了性子，对婢女夏莲继续说道，"夏莲，你把那几匹绸绢留着，其余的都捧出去，让吴掌柜带回去，回头再挑些样子送来裁春衣。你与他说，一定要配得上这对镯子。"

"是！夫人！"

夏莲应了一声，匆匆从桌子上捧了几匹绸绢，往前厅走去，因为走得急，鬓发随着步子不停在她两耳边晃动。

小符见夏莲出去，脸上的寒霜方才消退，露出了粲然的笑容。她抬起手臂，捋起大袖，露出手腕上的翡翠镯子说道："瞧，相公，这是王彦升送来的镯子。"

"王彦升？"赵光义仔细看了看小符手腕上的翡翠镯子，只见它晶莹润泽，周身没有一丁点儿瑕疵，一看便知是上好的物件，问道，"他几时送来的？"

"昨日申时，他亲自送来的。那时相公正巧去殿前司了。"

"是吗！他倒挺能钻营，来讨夫人欢心了！"

“他哪是孝敬我啊。我可是有自知之明的。他送来这礼，还不都是因为相公您吗！其实啊，相公，我可不喜欢王彦升这人。一副三角眼，凶巴巴的。听说他杀了韩通全家，被皇兄贬了官。这是要让你在你皇兄面前为他美言几句啊！”

“是啊，我何尝不知道。”赵光义心里清楚，他与王彦升之间的交易，比替王彦升在皇帝面前美言几句要多得多。可是，他并不想将他的心思告诉小符。“这个女人，从小被她父亲娇生惯养，心眼儿虽多，有时却是口无遮拦，自己的心思若都告诉她，恐怕迟早生出可怕的事端来！但是，这个爱耍脾气的女人对我是如此重要，以前如此，今后更是如此！她的父亲坐镇大名府，手下雄兵二十万，猛将云集，皇兄对此不无忌惮。我如想成大事，还真得仰赖我的老丈人啊！”赵光义一手扶着小符的腰肢，一手轻轻抚拍着小符肩膀，不动声色地寻思着。

“对了，方才夏莲的劝告倒是不错的。目前，的确不宜与西京有过多来往。”赵光义不能允许小符犯下愚蠢的错误。

“不，我偏要送。你怕你皇兄，我可不惧他！再说，据我所知，你嫂子如月和你妹子也还与我姐有来往呢！许他们充当好人，就不许我做点善事吗？”小符微微涨红了一张粉脸，又噘起了樱桃小嘴。

“夫人，你怎么这样糊涂呢？我嫂子如月是皇后，我妹子是公主，可是你不一样啊！”

“我怎的不一样了？”

“你想想，你的父亲——我的岳父大人身为节度使，手握重兵，我皇兄心里可不是要提防着他吗？况且，你的父亲也是世宗的岳父大人啊。我皇兄夺了他女婿开创的基业，夺了他外孙的帝位，能不担心他心怀恨意吗？”

"这——难道就是给我姐送几匹绸绢，你皇兄也容不得吗？"小符兀自不死心。

"我皇兄生性仁厚，他不杀你姐，不杀宗训，我毫不意外。但是，如果仅仅因此而像世间那些愚民那般认为他完全是出于仁慈，就大错特错了。其实，我皇兄那样做，未尝不是因为忌惮你的父亲。如今，你若公然频繁往西京送物件，让我皇兄知道，只怕他多心啊。"赵光义叹了口气，语重心长地说道。

"那怎么办，难道我符家的人就要如此忍气吞声不成。"小符脸涨得更红了。方才她为了在没落姐姐面前显示自己地位的虚荣心理，已然被要为家族争口气的心理压下去了。

"说什么你符家我赵家的。夫人，如今你与我是一家！"赵光义生硬地说道。

"那你说怎么办？"在强硬起来的夫君面前，小符开始示弱了。

"夫人不用急。我私下里会与岳父大人联络。我也要劝岳父大人以和为贵。这个时候，没有什么比保存自己的实力更重要的了。至于这些绸绢，我看你不如给嫂子送去，顺便也可聊聊家常。"赵光义用平和的眼神看着小符黑晶石一般的眼眸，平静地说道。

"哼！聊什么家常？相公是在利用我去打听宫中的消息吧。"小符说道。声音有些冰冷。

"夫人多虑了。哈哈！"赵光义讪笑道。

"行了，想让我打听什么消息？"

"没什么，近些日子，我感到皇兄对我冷淡多了，也不知因何事恼了我。夫人若是方便，可顺便从嫂子口中探听一二。"

"哼！我就知道你少不了鬼点子。"

"夫人要知道我的苦心啊。"赵光义淡淡一笑。

"我真不知道相公在想些什么。你的心，像个黑匣子！"

"这是哪里的话？我对夫人的心，夫人还不知道？"

"我符家可不是好欺负的！"

"好了，夫人可同意去看望嫂嫂了？"

小符"哼"了一声，一甩手，一扭身，挣开赵光义搂着她的腰的手，往内室走去。

赵光义站在原地，也不追赶，他知道小符这个样子，便是同意他的要求了。

次日，小符进了宫城，前往坤宁宫，专程去拜望嫂嫂。

赵光义的府邸位于西角楼大街的南端，梁太祖旧第的东边一点。因此，从府邸到宫城的路途并不算远。不过，赵光义还是特意为小符安排了一辆牛车，让她与婢女夏莲坐在左右打着窗棂前后垂着竹帘的车厢里；又另让两个男仆抬着一个空檐子，跟在牛车后面备用。此外，他还特意派了两个婢女，两个抬箱子的壮汉。两个壮汉挑着一个楠木箱子，里面是装得满满的绸绢。这个小小的队列，在未时从府邸出发，沿着西角楼大街往北行去，不紧不慢地走向西华门。

小符凭着赵光义给她的通行令牌，坐着牛车，从西华门进了宫城。进了西华门后，牛车就不便用了。小符让车夫与牛车在西华门内等候，自己换乘了檐子，让夏莲跟随在檐子旁边。另外两个婢女与抬箱子的两个壮汉则照例跟随着。一行人往北行去，先经过嫔妃院。自赵匡胤登基以后，世宗的嫔妃们早已经迁出了嫔妃院。尽管杜老夫人已经数次催促赵匡胤选纳嫔妃，但是赵匡胤都没有答应。所以，昔日里住满了国色天香的嫔妃院，已经人去楼空，清冷寂然。过了嫔妃院，小符一行又从湛露殿与集英殿之间继续北行。

"皇宫真是好漂亮啊！有这么多又好又大的殿宇！"经过嫔妃

院时，夏莲不禁满脸羡慕地惊叹。

"你这小丫头，莫不是想有朝一日进这个院子！"小符冷冷地斥了一句。这天，她的发髻上不见了那金桥梁花筒钗，而换上了四支银鎏金花簪。其式样照样是繁复华丽，但是，比起金桥梁花筒钗，倒是略略朴素了一点。她的身上，也换了一件崭新的粉红罗衫大袖。即便是去见皇后，我也要打扮得漂漂亮亮的！这是小符心里的想法。

夏莲不敢多语，赶紧低下头跟着檐子往前行去。

说话间，一行人已经行近集英殿。这集英殿乃是宴殿，主要用来举行春秋大宴、诞节大宴。这日，该殿大门紧闭，只有几个金吾卫守在殿门外。集英殿的大柱与殿门，都漆成了鲜亮的红色。大殿的四周，立着许多高大的松柏，显得庄严气派。在高大的松柏之间，还间隔着植了不少樱花树，樱花盛开不久，一簇簇，一团团，远远望去，仿佛在枝头笼上粉红色或雪白色的轻柔的雾。这些美丽的花儿，为松柏形成的庄严气氛平添了一份柔美与娇艳。

行了片刻，小符与随从们在集英殿西北角处折上东去的路，未行多久，便到了坤宁宫。坤宁宫是皇帝正寝殿，也是内城后宫中最主要的殿宇，如月便在此宫中居住。

男仆不能进坤宁宫，便在宫门外候着，由两个内监接了箱子往宫里面挑了进去。进得坤宁宫，小符一路上看着这座旧日曾经来过的宫殿，不禁感到有些奇怪。旧日世宗之时，这座宫殿曾经给她留下了富丽堂皇的印象。可是今天，她注意到往日那些雕梁画栋经历了多年的风霜，已经褪了色，掉了漆，像一个上了年纪的女人褪去了昔日的青春荣华，显露出沧桑的一面，让人感叹世事无常。令小符感到吃惊的是，这座宫殿的主人似乎没有刻意去掩盖它的沧桑，只是将游廊的柱子、殿宇的梁木都刷上了肃穆的红色。当她站到如月的起居室外厅门口时，她感到有些吃惊了。她发现，如月起居室内的帷帐，朴素得简直如同东京城内一般的人家，是清一色的青灰色。

小符费了很大劲，将自己的惊诧与困惑压抑下来。她让夏莲和另外两名侍女侍立在如月起居室外，自己带着两个内监走进屋里。

小符到的时候，如月正端坐在一张古琴前，弹奏着一支新曲。见小符到来，如月舍了琴，轻抚着微微隆起的小腹，起身相迎。

"真是羡慕姐姐啊，弹得一手好琴！"小符见面便称赞如月的琴技。说话间，她上下瞄了一番如月身上半旧的墨绿色镶边背子窄袖，微微皱了皱眉。

"让妹妹见笑了。快来坐下说话。"如月矜持地回应。尽管她的脸上已经勉强露出了笑容，但是神情依然显得有些麻木、呆滞。

小符扭头看了身后两个挑着箱子的内监一眼，眼珠子动了动，下巴微微扬了扬，示意他们将箱子搁下。两个内监会意，搁下楠木箱子，小心翼翼地打开了箱盖。

"这是几匹新花色的绸绢、绫子，我看甚是好看，便带了来，姐姐可拿它们裁制些春装夏服。哎，我也有些日子没有见到燕姐姐了，改天也想给她送些绸绢、绫子去呢。"小符拉着如月的手，用最甜美的声音说道。

"妹妹真是费心了。其实，宫里不缺这些。陛下不喜华服，这么多漂亮的绢绫，我真不知道如何用呢！说不定，穿了新衣，陛下看着心底还不乐意呢。阿燕前些天来看我，她神神秘秘地告诉我，说她在大相国寺遇到了一个画画的年轻人，买了他两张画回来，后来才知道那人就是韩通的儿子韩敏信。阿燕担心韩敏信将陛下视为仇人寻机报复，这几日好像在派人四处打听他的下落呢。

过两天她若来，我便将妹妹的心意转告她。你们两个也是，在一起老斗嘴，私下里却记挂着对方。阿燕每次也都会说起你呢！"

"哼，姐姐，她不会又说我坏话吧！我看倒是应该赶紧给她找个男人管管她。"小符噘起嘴，故作发怒状。

"是啊，是啊，妹妹说的也是。我也私下与陛下唠叨这事呢。"如月笑道。

"陛下什么意思呢？"小符眼睛发亮地问道。

"陛下有一次提起高怀德这个人，说可能与阿燕能配得来呢！"

"那个节度使高怀德！这人我也听我的丫鬟们聊起过，听说是一个勇敢而富有才情的男子！姐姐知道吗？据说他在战场上勇猛无敌，十个人也不是他的对手呢！说起相貌，那也是仪表堂堂，英俊潇洒，而且啊，他还会吹笛子，吹得妙不可言呢！"小符的眼睛更亮了，说话间，头上乌云摇曳，银鎏金花髻闪烁着璀璨迷人的光。

"是吗？想不到妹妹消息这般灵通啊。"

"那是！嘻嘻，若是阿燕得到他，可教天下多少女子都羡慕呢！不过啊，姐姐，你可知道天下女子有多少在羡慕你啊！她阿燕怎么也赶不上姐姐您呢！"

如月听了这蜜糖一般奉承的话，不禁幽幽叹了口气，说道："我有啥好羡慕的！我即便穿上用天下最美的绸绢剪裁的华服，也不知能否让陛下喜欢啊！"说话间，眼睛里已经泛起了盈盈泪光。她的心里，想起了赵匡胤对她的冷漠，想起了那个夭折的孩子。

"嘿，姐姐这可说错了。天底下哪个男人不希望自己的女人穿得光彩照人的。陛下他——"说到这里，小符见如月眼里泛起泪花，心中不禁暗生怜悯，于是一把将如月拽近自己，将嘴凑到她的耳边，用轻得不能再轻的声音说道："姐姐，陛下说是不喜华服，那定然都是嘴上说说的，姐姐若是穿得漂亮，陛下定然心里暗暗欣喜，恨不得天天晚上往姐姐房里去呢！瞧姐姐这件背子，早该换新的了。"

小符的话让如月顿时羞红了脸。她挣脱小符的手，嗔道："妹妹休要取笑我了。"她嘴上如此说，心里却是欢喜得不得了，眼光便往那楠木箱子看了一眼。

精明的小符看在眼里，在这恰到好处之时，从箱子中捧出一匹绫子拿到如月面前。

"我也知道宫里有各地进贡的绸子、绢子、绫子，可这些是我亲自从东京市面上买的。姐姐可不知道，这宫里的东西，不一定就比市面上的好哦。商人做生意都可精明了。最新的花样，都是先拿到市面上去尝试叫卖的。各地进贡给宫里的绸绢绫子，东西往往都是好东西，可是花样倒不一定是最新的。姐姐你想，那些当官的，为了讨好陛下，可不是要挑品质好的送。既然是要选出好的，那定然是经过一阵子筛选的。再加上有些地方到京城路途遥远，好东西送到宫里，也不算最新的了。再说了，如今陛下不喜华服，各地进贡的官员说不定正暗中高兴，将好东西都自个儿留着呢。我挑的这些，那都是商人们根据京城富人的喜好，从各地进的最新花色的上等绸绢。姐姐，你瞧，这是来自江南的方纹绫，如今在江南，女人们可是喜欢得不得了啊。"小符一边观察如月的脸色，一边絮絮叨叨地说着。

如月听小符说得高兴，也不禁莞尔。

"果然是好绫子，看着便喜欢。那江南人杰地灵，姑娘们手巧，能织出这般好东西来，真叫人羡慕。"如月赞叹道。她的心地是如此单纯，这样的赞扬，是发自内心的。

"其实，咱河南也有好绫子。"

小符说话间，将那匹江南方纹绫放回箱子，又从箱子中取出一匹云花繁复的绫子。

"瞧，这是咱河南的四窠云花绫。这淡淡的粉色底，最配姐姐的肤色了。姐姐，你看这上面一双双鸂鶒，溪勒这织工，可不是巧夺天工啊！"

"'一双鸂鶒对沉浮'，唐代杜甫的诗，说的就是这吧。看着它们在云水间双栖双飞，真是叫人羡慕。"如月伸手轻轻抚摸那匹绫子上的一对鸂鶒，不禁睹物伤神，方才因欢喜而于脸上焕发出的光华一下子黯淡下去。

"姐姐这是怎么了，怎地突然不开心了？"

"哎，我是羡慕这些水鸟啊！"

"姐姐已当了皇后，如今又怀上了陛下的骨肉，何必羡慕这些水鸟呢。"

"陛下自登基以来，常常悱恻不安，即便是夜深人静之时，也常常悚然不寐。我倒觉得，还不如这些水鸟悠然快活呢。"

"哦？陛下一定是为国事担忧呢。最近恐怕是事情多了些吧？"

"最近，陛下的头痛病又犯了一次，还真是把我给吓着了。"

"哦！头痛病？找没找太医看看？"小符露出震惊的神色，哎了一声，道："光义最近老是为陛下担心啊！"

"他们是兄弟嘛。"

"姐姐也该劝劝陛下，莫要因国事忙，累坏了龙体。有啥事，可以多招呼光义帮忙啊。"

"妹妹说得是啊！"

"只是，陛下最近好像不怎么待见光义啊！"

"怎么会呢？陛下常常夸奖光义好学，而且说光义行事果决，是他少不了的臂膀啊！"

"那姐姐可要多帮我家光义说说好话啊！陛下为国事操劳，劳苦劳心，头痛的事情不可轻慢了。他们男人，整日里钩心斗角，不头痛才怪呢！只是苦了姐姐，让姐姐担惊受怕了！要尝天下至尊的滋味，可不是要受些罪吗。你想，这里一出戏，那边一件事，可不都得照应着。对了，听说最近南唐使者来了，姐姐可听说过南唐的那个少主李煜，据说文采风流，天下第一，若有机会，我还真想一睹他的风采呢！"小符说着，岔开了话题，两眼放光，仿佛那南唐少主李煜已经站在她眼前一般。

如月正不知如何品评李煜之时，小符忽然叹了口气，道："哎，也不知南唐使者究竟为何而来，莫不是又要发生什么大事？"

"妹妹说得不错。最近听陛下说，南唐使者来了。南唐使者为何而来，我也不敢多问。"

"南唐以前是咱们的敌人，估计今后也好不到哪里去。姐姐，你就别多想了，保重身子要紧。"小符这句话，倒是出自真心。这也许是因为女人母性的本能吧。

如月听了小符的这句安慰之语，眼神有些恍惚，眼光越过小符的肩膀，仿佛望着远方。如月沉默良久，突然忧伤地问道："你说，陛下心里还有我吗？"

忧伤需要一个答案。

然而，小符却无法给出一个答案。

这个问题，完全出乎小符的意料。小符内心一颤，一时之间不知该如何回答。在这一刻，她的内心忽然也在问自己："他的心里，还有我吗？"在小符的眼前，浮现出赵光义的面容。那张脸，越来越多地浮现出她读不懂的淡淡的微笑。

当天晚上，小符回到府中，将自己从如月那里听到的消息一一告诉了赵光义。她没有漏掉与如月对话中的任何一个细节。

赵光义备了一壶酒，几碟小菜，一边听小符叙述，一边自斟自饮。他静静听着小符的叙述，面无表情。

小符早已经习惯了他这副神色，也并不介意，只顾自己绘声绘色地描述与如月见面的情景。

不过，心细如发的小符留意到，当她说到最近皇帝犯了一次头痛病时，赵光义正好举着手中青瓷酒盏张嘴欲饮，可是就在那一刻，他的手在嘴边停住了。

他缓缓放下青瓷酒盏，放下的动作异常缓慢。他那双豹子眼微微地眯了一下，若有所思地盯着酒盏的中心。略有些浑浊的米酒在酒盏内微微晃动，在烛光的照耀下，泛着些许几难察觉的涟漪，反射出些许朦胧的光。在那青瓷酒盏的内底心，贴塑着一只小乌龟，它正静静地趴在一片张开的莲叶上。泛着微光的米酒的涟漪，稍稍模糊了青瓷酒盏底部的游于莲叶上的小龟。

"瞧！它可真安静啊！"

"什么？"小符微微一愣，不明白赵光义此话何意。

"哦，我是说酒盏内底的小乌龟呢。"

"啊？我方才说的，你到底听入耳了吗？"小符嗔道。

"当然，当然，一点点头痛打不倒皇兄。他硬朗着呢，会长命百岁的！"赵光义把目光从青瓷酒盏上移开，慢慢移到了小符的眼眸上。

淡淡的微笑。

这微笑，小符是越来越看不懂了。

卷

二

一

南唐使者的到来，在赵匡胤心里激发的情绪，与其说是欣慰，不如说是焦虑。自从登基以来，他一直关心南唐的态度。正月初八，赵匡胤就派出了使者，前往金陵告谕自己受禅登基之事。他确实担心在新王朝的根基未稳时南唐趁机有所作为。所以，在告谕南唐国主李璟的同时，还令使者带去了珍稀的宝贝作为赏赐，以安其心。为了表示诚意，赵匡胤随后还大度地释放了周成等三十四名南唐的将校。这些人，是在周显德年间南唐与周的淮南之役中被周俘获的。他还特意赐给这些将校回故乡的盘缠与安家费，这令那些已经绝望的俘虏感激涕零。他们本以为余生就要在牢狱中度过了，直至老死他乡。

如今南唐派出使者，带着礼物来祝贺赵匡胤，他怎能不高兴。但是，在高兴之余，他对南唐的担心并没有完全消除。根据情报，他已经获悉，南唐正在大力建设南昌城，要把南昌建设成新的国都。

"为什么要建设南昌呢？这不是明摆着将我大宋依然视为潜在的敌人与威胁吗？如果南唐国力复苏，迟早也是我大宋的心腹之

卷二

患。究竟应该如何对待南唐呢？"赵匡胤想到这一层，心里就难以平静。在南唐使者到来前几日的一个晚上，赵匡胤在御书房中点亮了羊脂蜡烛，令秘书省送来了周世宗当年征讨淮南时通告天下的诏书《征淮南敕》仔细阅读起来：

朕自缵承基构，统御寰瀛，方当恭己临朝，诞修文德，岂欲兴兵动众，专耀武功？

顾兹昏乱之邦，须举吊伐之义，蠢尔淮甸，敢拒大邦，因唐室之陵迟，接黄寇之丧乱，飞扬跋扈，垂六十年，盗据一方，僭称伪号。幸数朝之多事，与北境而交通，厚起戎心，诱为边患。晋汉之代，寰宇未宁，而乃招纳叛亡，朋助凶慝。李金全之据安陆，李守贞之叛河中，大起师徒，来为应援。攻侵高密，杀掠吏民，迫夺闽越之封疆，涂炭湘潭之士庶。以至我朝启运，东鲁不庭，发兵而应接慕容，观衅而凭陵徐部。沭阳之役，曲直可知，尚示包荒，犹稽问罪。尔后维扬一境，连岁阻饥，我国家念彼灾荒，大许籴易，前后擒获将士，皆遣放还。自来禁戢边兵，不令侵挠，我无所负，彼实多奸。勾诱契丹，至今未已，结连并寇，与我世雠，罪恶难名，人神共愤。今则推轮命将，鸣鼓出师，征浙右之楼船，下朗陵之戈甲，东西合势，水陆齐攻。吴孙皓之计穷，自当归命；陈叔宝之数尽，何处偷生？

应淮南将士军人百姓等，久隔朝廷，莫闻声教，虽从伪俗，应乐华风。必须善择安危，早图去就。如能投戈献款，举郡来降，具牛酒以犒师，奉圭符而请命，车服玉帛，岂吝旌酬？土地山河，诚无爱惜。刑赏之令，信若丹青。苟或执迷，宁免后悔？

王师所至，军政甚明，不犯秋毫，有同时雨。百姓父老，各务安居，剽虏焚烧，必令禁止。自兹两地，永为一家。凡尔蒸黎，当体诚意。[①]

赵匡胤展卷反复将这份诏书看了三遍后，心里追想着周世宗的武功之盛，不禁两颊发烧，心想："先帝如此英武，若不是英年早逝，我怎能坐在这里？我从黄口小儿处取得帝位，真是可能被天下人取笑啊。我没有商汤、周文王的威望，没有秦始皇的强力，也无汉高祖、唐太宗的武功，论学识，我也不及孔孟先哲，汉唐大儒。我能够得到这个位置，真是上天对我的特别眷顾啊！可是，即便我今日身居帝位，却依然是岌岌可危啊。"他本想从檄文中找到一些应对南唐的灵感，但是内心的羞愧让他的思想几乎陷入了漩涡，翻来覆去为自己的兵变感到羞耻，同时对自己的威权感到担忧。在这个时候，他并没有意识到，正是他内心的战战兢兢，朝乾夕惕，使得大宋王朝日后会不断朝着重文轻武、政治温和的方向前进。

羊脂蜡烛在呼呼地燃烧，红色的火焰如一团迷雾，将赵匡胤笼罩着。他知道，在这个时候，没有人会看到他两颊发烧，大臣们也绝不敢在殿堂之上耻笑他。"可是，也许天下的百姓都在私下里偷偷鄙视我，诅咒我呢；也许，先帝的臣子中，也有很多人在背后暗暗耻笑我。"这种羞耻心像无数只饿得发慌的老鼠啃吃食物一样，啃噬着他的心。在被羞耻折磨了很久后，他放下诏书，站

卷二

103

---

① 《全唐文》（影印本）卷一二五《周世宗·征淮南敕》，上海古籍出版社，1990年。原文无句读，小说文中引用时，句读为笔者所加。

起身来，从羊脂蜡烛发散出的光团的中心踱向外围，他在光团与黑暗的边缘站住，回想着往日的岁月。

这份诏书是周世宗于南唐保大十三年十一月出征南唐前下发的。诏书将南唐说成是"昏乱之邦"，又说南唐勾结契丹，"罪恶难名，人神共愤"，可谓为起兵征讨找到了充足的理由，最后申明"王师所至，军政甚明，不犯秋毫，有同时雨"，又巧妙地安定了民心。诏书全文一气呵成，颇有周世宗果敢决断之风。在这份诏书颁发后，周世宗便以当时的宰相李谷为帅，以许州节度使王彦超为副帅，统领韩令坤等大将，带着数十万大军进攻淮南。赵匡胤记得，自己当时就是周世宗帐下的一员大将。"离那时只有四年多啊！怎么天下就发生了如此大的变化呢？世宗已经不在世上了，还有当年的那些敌人，那些曾经与我战斗过的敌人，他们又在哪里呀？是啊，是啊，他们有的死了，有的活着回到了他们的老家。淮南的大地还静静地躺在原处，淮河和大大小小的河流一定还在那里流淌。也许，我该再去那片土地上看看！"赵匡胤回想着当年跟周世宗征淮南的日日夜夜，眼睛盯着诏书发起呆来。烛光从黑暗中勾勒出他的轮廓，像一尊生铁铸造的像。

赵匡胤回想起当年李谷的大军首先进达正阳，随后渡过淮河，连败南唐之军，围住了寿州。南唐主李璟惊闻周师南下，匆忙令神武统军刘彦贞为北面行营都部署，统领二万人马抵御周师，又令奉化节度使皇甫晖为北面行营应援使，统领大军三万驻扎定远作为策应；此外，李璟还令李煜为沿江巡抚，照应各处。刘彦贞于次年正月带兵抵达距离寿州西南百里之地的来远镇，派战舰数百艘自水路进逼正阳。"刘彦贞的目标是要夺取淮河上的浮桥，断绝我师的后援之路！李谷作为我军统帅，因担心浮桥被南唐军夺占而匆忙从寿州退回正阳，这也是稳重的应对之法。当时刘彦贞若不是因与宋齐丘赌气而轻率追击我军，战局恐怕要陷入僵持状态。那寿州守将刘仁赡确实不简单，要是刘彦贞听了他的劝告放弃追击，战争会发生什么变化呢？”赵匡胤在脑海里继续思量着当时战局发展的另外几种可能性，再次对当年周世宗的快速应变充满了钦佩之情。当年，在刘彦贞追击李谷退军之时，周世宗迅速调派侍卫都指挥使李重进率兵渡过淮河，从正阳之东截击刘彦贞所部。李重进根据周世宗的指令，日夜兼程，刚到正阳之东时，大军还未来得及下锅做饭，就看到了从南方卷起的高高的烟尘，那是刘彦贞的大军追赶过来了。李重进当机立断，下令暂时不必扎营做饭，带领援军迅速攻击南唐刘彦贞部。刘彦贞本以为可以率兵一举击溃李谷大军，未想到自己侧面突然出现了李重进的虎狼之师，慌张之际，不敢进攻，在军前布下了铁蒺藜、拒马桩，想要用这些东西阻止李重进的进攻。可是，他根本没有想到，自己的怯懦之举反而激发了李重进所部的士气。结果，周军大举进攻刘彦贞，刘彦贞力战而死。在正阳之外的原野上，南唐军的死尸散布在方圆三十里的大地上，刘彦贞所部战死两万余人，军资器械损失三十万，五百匹良马被周军缴获。

眩晕，眩晕。赵匡胤想到正阳的时候，突然感到一阵眩晕，重重叠叠的死尸景象如同海潮一样突然从远方翻滚着压到他的眼前。他几乎一下子晕厥过去。他靠在椅背上，眼睛从那份诏书上移开，微微闭合起来，但好像害怕再次见到那尸横遍野的惨相，他又神经质地睁开眼睛，身体往羊脂蜡烛燃烧着的火焰方向靠了靠。

“是的，是的，还有南唐军的三千降卒，都被赵晁杀死了！三千人，三千条命啊！他们投降了，可是竟然被赵晁全部杀死！如果是我，我会杀死那些降卒吗？”赵匡胤感到想要呕吐，极力从脑海里撇开正阳这个名字。

在这个时候，他隐隐在内心对周世宗的南征产生了一点怀疑："为什么要南征呢？如果南唐能够安分守己，先帝会放弃南征的计划吗？"这种想法已经不止一次在他的脑海里闪现，可是他一直都找不到答案。这个问题在这个时候突然冒出来，在他的脑海中又诱发了另一个问题："如果我现在放李筠回去，李筠在潞州从此安分守己、善待百姓，我该如何对他呢？可是，这种情况可能吗？五代以来，天下各国互相杀伐，即便是一国之内，弑君夺位、逼君让位之事也是家常便饭，我不就是这样的一个例子吗？李筠会放弃对我大宋的异心吗？"这个问题叠加在他对周世宗南征的怀疑之上，搅得他的脑子乱成一团。

当正阳从赵匡胤记忆的浪潮中渐渐退去后，清流关和皇甫晖这个人又慢慢浮现在他的脑海中。在正阳之役后，李璟本准备亲征，但是在大臣劝谏下放弃了这个计划。周世宗却亲自到了正阳，将李重进任命为前线主帅，统领大军进攻寿州，又发兵同时进攻淮南腹地，大有一举剿灭南唐之意。南唐主忙调北面行营应援使皇甫晖率手下都监姚凤及数十员将领统兵退保清流关，号称雄兵十五万，想要在清流关阻挡住周师。"回想起来，清流关一战，是我生命中最重要的一次战斗。"当年率兵奇袭清流关、逼皇甫晖退守滁州的情景开始在赵匡胤脑海中浮现。他吃惊地发现，那时自己与皇甫晖的对话，竟然在这一刻清晰地在耳边回响起来。

"你和我都是同一类人，何必苦苦相逼！"在滁州城外，皇甫晖骑在一匹额头有一块白毛的黑马上，满脸横肉，瞪着铜铃一般的双眼，神色轻蔑地向他喊话。赵匡胤记得，在皇甫晖的身后，拥挤在滁州城外的是一群惊慌失措的残兵败将。他们刚刚从清流关被周军追击到滁州城外。

"你不过是一个赌徒,一个阴谋作乱的小人,一个屠夫!人人可诛!"

"你休要笑我,看看你自己,迟早有一天,你就会知道,你与我是一丘之貉!嘿嘿,嘿嘿!你说我是赌徒,我承认!你说我阴谋作乱?哼哼!这个罪名我不领受。当年唐庄宗这个昏君,闹得天下乌烟瘴气,人心早已经离乱。当年我为魏州兵,戍守瓦桥关,期满本应被换回京城得到升迁,却让我留守贝州。唐能攻破梁国得到天下,是因为有了魏州军舍生忘死的效力。多年来,我魏州军铠甲不离身,战马不卸鞍。可是他唐庄宗,只知道花天酒地享受太平,不顾念魏州将士长期戍边的辛劳。我等离家不远,却不得与亲人相见,你说我该不该反?这些话,我当年也同那个愚蠢的都将杨仁晟说过,可是他不听,我只好杀了他。这算阴谋作乱吗?这叫揭竿而起!哈哈哈——"

"你与赵在礼焚烧贝州、屠杀魏州百姓,那些无辜的人何罪之有!一个人姓'国',你就以'我当破国'之由杀他,一家人姓'万',你就说'我杀万家足矣'!这是屠夫行径,魔鬼的恶行!今日,我代那些冤魂向你索命来了!"

"战争中,杀一儆百,威慑人心,有何过错!你周军杀我南唐三千俘虏,又当何论?"

赵匡胤记起了皇甫晖的这句质问,记起了当年听到这句质问时脸上发烧的感觉,心想:"当年周军杀死三千俘虏,定然是大错特错啊,如果不是这样滥杀无辜,淮南地面也不会出现自发对抗周军进攻的'白甲军'!那些抵抗者,原来可都是民间种地的普通百姓啊。得人心者得天下,说得不错。周军因为滥杀无辜,也受到淮南百姓的抵抗,否则,周世宗也许早已经统一南唐了!"

赵匡胤接下去的回忆，充斥着刀光剑影，鲜血残肢。他记起自己允许皇甫晖在滁州城外将残兵整队后列队开战，他记得，在皇甫晖列阵后，自己挥舞丈八偃月刀，单骑冲向骑在那匹大黑马上的皇甫晖。他记得，那匹大黑马的额头，有一块白色。就在他的偃月刀砍下去的那一刻，那块白色如闪电一般刺入他的眼睛。这使得他当时手中一颤，手中的偃月大刀几乎脱手。他记得，自己的刀闪着寒光劈将下去，终于还是斜斜地砍着了皇甫晖的头盔，擦出星星点点的火花。他记得，皇甫晖哼了一声，便翻身跌下了战马。他记得，当他将浑身是伤的皇甫晖五花大绑到周世宗面前的时候，皇甫晖仍破口大骂，一派骄横。他也记得，周世宗因为怜悯皇甫晖的勇猛，特意赐给他金带、马鞍。他还记得，皇甫晖在受赐的几天后，就一命呜呼了。

四年之后，当赵匡胤再次想到清流关之战、滁州之战和皇甫晖时，他也不禁对皇甫晖产生了极其复杂的感情，既厌恶又怜悯，既想要忘却又似乎带点怀念。这个皇甫晖，一个没有任何背景的粗人，凭着骁悍勇猛，在后唐的军队中赢得了自己的一席之地，随后威逼赵在礼起兵叛唐，火烧贝州，等到成德军节度使李嗣源以平叛为名进入魏州，他又和赵在礼合谋促成李嗣源反叛，最后进入京城。唐庄宗驾崩后，李嗣源登位成为唐明宗。唐明宗任命皇甫晖为陈州刺史。这样，皇甫晖凭着过人的胆识和凶狠毒辣，在乱世中从一个普通士兵升为陈州刺史。到了后晋天福年间，皇甫晖成为卫将军住在京师，过了很久，又当了密州刺史。契丹来犯，皇甫晖率领密州亲信逃入南唐，李璟任命他为歙州刺史、奉化军节度使，镇守重镇江州。到了周世宗讨伐淮南，皇甫晖被李璟任命为北面行营应援使，可谓达到了他人生的高峰。在那个乱世，有多少武人走着与皇甫晖类似的道路啊！他们在阴谋中寻找生存之路，在血污中攀登人生的高峰。

"你与我是一丘之貉！难道他说的是真的？我和他真有些相像？不，不，我不是皇甫晖！我也绝不做皇甫晖！"赵匡胤感到有些恼怒，但是，他发现自己果然和皇甫晖一样，起自行伍，由一个普通的士兵逐渐升为高级将领。要不是陈桥兵变，也许会以武将的身份终了一生。"韩通毕竟因我而死。可是，我没有反叛先帝！我也不会滥杀无辜！我不像他，我不像他！"赵匡胤在内心为自己辩护着，像要摆脱讨厌的苍蝇一样，在脑海里驱赶着皇甫晖四年前说的话语。

赵匡胤突然又想起了自己的父亲。他不知道为什么在这个时候突然想起了父亲。羊脂蜡烛的烛火在燃烧。他没有刻意去回避自己的回忆。脑子里想起什么，总是有原因的。那些记忆的碎片一定是在某种原因的推动下浮出意识的深海的。但是，他现在并不想去追索这个原因，而是任由自己的思绪回到那似乎已经很遥远的往日。在他的记忆里，父亲的形象是在他从军之后才开始鲜明起来的。因为，他的父亲赵弘殷在他出生后不久，便从军去了。从母亲的口中，他不断听到自己父亲的故事，逐渐将其视为一个传奇。他知道，父亲很善于骑马射箭，而且非常勇敢，在军队里打仗，从来都不知道畏惧。有一次，父亲骑着大马回来，右边的脸上多了一道长长的刀疤。那时候他还很小，被父亲的样子吓住了，在母亲的催促下，才哆哆嗦嗦地走到父亲面前。他不敢同那个脸上多了个可怕刀疤的父亲说话。他依稀记得，父亲说那是在黄河边打仗受伤的。原来，父亲带着五百骑兵赶到黄河边去解围，在敌人的包围中救了当时的皇帝。再后来，在他长成一个少年的时候，有一次父亲带着更重的伤回来休养了。那一次，他看到他失去了一只左眼。他从父亲的口中知道，这时候父亲已经是另一个皇帝的部下了，带着部队去凤翔讨伐一个叫作王景的人。可是，在长途奔袭后，部队突然遭遇了来救援的蜀军。于是，双方在陈仓大战一场。父亲就是在那场战斗刚开始的时候被敌人的飞箭射中了左眼。他还从父亲的口中知道，父亲在受伤之后，继续带领部队攻击敌人，最后把敌人杀得落荒而逃。这令他对自己的父亲充满了一个少年对英雄的敬仰之情。他不会忘记，父亲抚着左眼的眼罩，哈哈大笑着说："记住，战场上，你若先胆怯了，你就完了！"也正是那一次，父亲回来时多带了一匹战马，并将那匹战马送给他作为礼物。后来，他正是骑着父亲赠送的战马，告别阿琨，投奔了柴荣的部队。

当赵匡胤的回忆进行到这里的时候，他突然明白了自己为什么会想起父亲。也许，正是因为父亲也曾经是周世宗柴荣的部下，并且曾跟随周世宗讨伐淮南。那个时候，淮南还属于吴国。当时，世宗派出的先锋部队后撤，而吴军趁机袭击，在紧要关头，他的父亲带兵从侧面奇袭吴军，将吴军打得落花流水。后来在滁州城，也就是他击败皇甫晖进入滁州之后，父亲率兵半夜来到城下，令士兵呼喊着请求打开城门。可是他那时竟然硬着心肠说："父子虽然是至亲，但是开关城门乃公事。"那个夜晚，他忍受着良心的折磨，一直令城门紧锁。直到天明，他才根据规定时间打开滁州大门放入父亲的兵马。显德三年，他的父亲与韩令坤一起平定了扬州，这个时候，南唐已代吴。当时南唐派大军支援扬州，韩令坤大为恐慌，建议退兵。周世宗下令自己带兵急忙赶赴六合援助。他不会忘记，他当时下达了一个残酷的命令："扬州军队胆敢有人退过六合，就斩断他的双腿！"韩令坤无奈之下带兵坚守。赵匡胤怎么会忘记，他的父亲也在扬州城中啊！那个残酷的命令下达后，他的父亲也在与韩令坤一起并肩死守。扬州守住了，他也在六合东面击败了南唐的齐王李景达，斩杀了一万多南唐士兵。班师回朝后，他被周世宗任命为殿前都指挥使，不久加任定国军节度使。可是，他的父亲在出了扬州，与周世宗于寿春会师后，就因为伤病去世了。每当想到六合之事，他的内心就愧疚不安，良心被愧疚侵蚀得千疮百孔。因为，他的父亲，正是在扬州保卫战中才受了致命的重伤！

二

父亲、南唐、周世宗！周世宗、南唐、父亲！在赵匡胤的脑海里，自己生命中两个最重要的人与"南唐"这个词紧紧地结合在了一起。"南唐！为什么偏偏在李筠来京城的时候，南唐才派来祝贺的使者呢？契丹曾经派使者欲联合南唐，要不是被周大将荆罕儒暗中收买刺客要了契丹使者的人头，说不定契丹和南唐的联盟早已经成为事实了。这次，李筠是否会像契丹一样暗中欲联合南唐对付我大宋呢？"

他使劲定了定神，走了几步，从书架上取下一个画轴，又向羊脂蜡烛的光团中心走去。他将画轴在书案上慢慢展开。一幅中原与周边小国的地图呈现在他的眼前。他瞪着微微有了血丝的眼睛，盯着那幅地图看了好久，然后用右手手指在南唐的版图上敲了两下。"周世宗已经收了南唐淮南大部分土地，南唐也已经臣服，可是，如果李筠作乱，南唐是否会借机东山再起呢？李璟究竟是怎样一个人，他会怎样想呢？"想到这里，他又从书案上展开南唐国主李璟上周世宗的两张表看起来，想仔细从言辞中去推断李璟的心态。

李璟上周世宗的第一表这样写道：

　　臣闻舍短从长，乃推通理；以小事大，著在格言。实征自古之来，即有为臣之礼。既逢昭代，幸履良途。伏惟皇帝陛下体上圣之姿，膺下武之运，协一千而命世，继八百以卜年。化被区中，恩加海外，虎步则时钦英主，龙飞则图应真人。

　　臣僻在一方，谬承余业，比徇军民之欲，乃居后辟之崇，虽仰慕华风，而莫通上国。伏自初劳将帅，远涉封疆，叙寸诚则去使甚艰，于间路则单函两献。载惟素愿，方俟睿慈。遽审大驾天临，六师雷动，猥以逖陬之俗，亲为跋履之行，循省伏深，兢畏无所，岂因薄质，有累蒸人。伏惟皇帝陛下义在宁民，心惟庇物，臣倘或不思信顺，何以上协宽仁？今则仰望高明，俯存亿兆，虔将下国，永附天朝。

　　已命边城，各令固守，见于诸路，皆俾戢军。仰期宸旨才颁，当发专人布告。伏冀诏虎贲而归国，巡雉堞以迥兵，万乘千官，免驱驰于原隰，地征土贡，常奔走于岁时。质在神明，誓于天地。庶使阖境荷咸宁之德，大君有光被之功。凡在照临，孰不归慕？谨令翰林学士户部侍郎臣钟谟、工部侍郎文理院学士臣李德明奉表以闻，仍进金器一千两，银器五千两，锦绮绫罗二千匹，及御衣犀带茶茗药物等，又进犒军牛五百头，酒二千石。[①]

卷二

① 《全唐文》（影印本）卷一二八《南唐嗣主李璟·上周世宗第一表》，上海古籍出版社，1990年。原文无句读，小说文中引用时，句读为笔者所加。

赵匡胤知道，这是李璟在清流关之败后迫不得已向周世宗求和。从这份上表中可以看出，李璟虽然卑辞称臣，但是，却依然摆出一个大国姿态在谈和。这份上表是钟谟、李德明奉使献上的。周世宗毫不客气地回绝了李璟的请和。至第一次议和时，周师已经夺取了淮南的滁州、泰州、光州、舒州、常州以及东都扬州等大片疆土，当时只有刘仁赡孤军死守寿州危城。李璟无奈，再次上表，又派出司空孙晟、礼部尚书王崇质奉表向周世宗求和。

赵匡胤展开李璟上周世宗的第二表，仔细阅读起来：

伏自上将远临，六师寻至，始贡书于间道，旋奉表于行宫，虔仰天光，实祈睿旨。伏闻朝阳委照，爝火收光，春雷发音，蛰户知令。惟变通之有在，则去就以斯存，所以徘徊下风，瞻望时雨，载倾捧日，辄叙攀鳞。伏惟皇帝陛下受命上元。门阶中立，仗武功而戡乱略，敷文德以化远人，故得九鼎应基，复昌于宝位，十年嘉运，允正于睿衡实帝道之昭融，知真人之有立。臣幸因顺动，敢慕文明，特遣翰林学士尚书户部侍郎臣钟谟、尚书工部侍郎文理院学士臣李德明同奉表章，且申献赞，请从臣事，仍备岁输冀阃境之咸宁，识人君之广覆，不遥日下，恭达御前，既推向化之诚，更露缕衷之愿。臣伏念天佑之后，率土分摧，或跨据江山，或革迁朝代，皆为司牧，各拯黎元。臣缵是克嗣先基，获安江表，诚以瞻乌未定，附凤何从。今则青云之候明悬，白水之符斯应，仰祈声教，俯被遐方。岂可远动和銮，上劳薄伐，有拒怀来之德，非诚信顺之心？臣自遣钟谟、李德明入奏天朝，具陈恳款，便于水陆，皆戢兵师，方冀宽仁，下安亿兆。旋进历阳之旌旆，又屯隋苑之车徒。缘臣既写倾依，悉曾止约，令罢警严之备，不为扞御之谋。其或皇帝陛下未息雷霆，靡矜葵藿，人当积惧，众必贪生，若接前锋，偶成小竞，在其非敌，固亦可知。但以无所为图，出于不获，必于军庶，重见伤残，岂唯渎大君亭育之慈，抑乃增下臣咎衅之责。进退维谷，夙夜靡遑。臣复思东则会稽，南惟湘楚，尽承正朔，俾主封疆，自皇帝陛下允属天飞，方知海纳，虽无外之化，徒仰祝于皇风而事大之仪，阙卑通于疆吏，惟凭元造猥念后期。方今八表未同，一戎兹始，倘或首于下国，许作外臣，则柔远之风，其谁不服？无战之胜，自古独高。臣幸与黎人，共依圣政。蚩蚩之俗，期息于江淮；荡荡之风，广流于华裔。永将菲薄，长奉钦明，白日誓心，皇天可质，虔输肺腑，上祈冕旒，仰俟圣言，以听朝命。今遣守司空臣孙晟、守礼部尚书臣王崇质部署宣给军士物，上进金一千两，银十万两，罗绮二千四。①

"'进退维谷，夙夜靡遑'，李璟当时一定很痛苦吧，一次上表不成，再次上表，多了无奈，变得更加卑躬屈膝。不过，在这种卑躬屈膝的求和表里，依然还未完全排除南唐抵抗的可能性，'若接前锋，偶成小竞'，这是暗中威胁啊。可是，这种威胁在先帝看来，只不过是秋虫的鸣叫。李璟是想通过议和保留他李家对南唐

① 《全唐文》（影印本）卷一二八《南唐嗣主李璟·上周世宗第二表》，上海古籍出版社，1990年。原文无句读，小说文中引用时，句读为笔者所加。

卷二

115

的统治。那时，我军应该已经夺取了南唐淮南之地的大半，先帝当时不接受李璟的求和，也可以看出他必取南唐之心！如果当时决策的是我，我会接受李璟的议和之求吗？"赵匡胤读着李璟当年的上表，痴痴地想了一阵，又将周世宗当年回应李璟上表的赐书拿出来看。

项自有唐失御，天步方艰，巢蔡丧乱之余，朱李战争之后，中夏多故，六纪于兹，海县瓜分，英豪鼎峙，自为声教，各擅蒸黎。连衡而交结四夷，乘衅而凭陵上国。华风不竞，否运所钟。凡百有心，孰不兴愤？朕猥承先训，恭荷永图，德不迨于前王，道未方于往古。然而擅一百州之富庶，握三十万之甲兵，农战交修，士卒乐用，思欲报累朝之宿怨，刷万姓之包羞。是以践位已来，怀安不暇，破幽并之巨寇，收秦凤之全封，兵不告疲，民有余力。一昨回军陇上，问罪江干，我实有辞，咎将安执？朕亲提金鼓，寻渡淮淝，上顺天心，下符人欲，前锋所向。彼寇无遗，弃甲僵尸，动盈川谷，收城徇地，已过滁阳。岂有落其爪牙，折其羽翼，溃其心腹，扼其吭喉，而能不亡者哉？

早者泗州主将递送到书一函，寻又使钟谟李德明至，赍所上表，及贡奉衣服腰带金银器币茶药牛酒等；近差健步进到第二表；今月十六日使人孙晟等至，赍到第三表，及进奉金银等；并到行朝，观其降身听命，引咎告穷。所谓君子见几，不俟终日，苟非达识，孰能若斯？但以奋武兴戎，所以讨不服；惇信明义，所以来远人。五帝三王，盛德大业，常用此道，以正万邦。

朕今躬统戎师，龚行讨伐，告于郊庙社稷，询于将相公卿，天诱其衷，国无异论。苟不能恢复外地，申画边疆，便议班师，真同戏剧，则何以光祖宗之烈，厌士庶之心？匪徒违天，兼且咈众。但以淮南部内，已定六州，庐寿濠黄，大军悉集，指期克日，拉朽焚枯，其余数城，非足介意。

必若尽淮甸之土地，为大国之提封，犹是远图，岂同迷复？如此，则江南吏卒，悉遣放还，江北军民，并当留住，免违物类之性，俾安乡土之情。至于削去尊称，愿输臣礼非无故事，实有前规。萧繹奉周，不失附庸之道；孙权事魏，自同藩国之仪。古也虽然，今则不取，但存帝号，何爽岁寒？倘坚事大之心，终不迫人于险。事实真愿，词匪枝游。俟诸郡之悉来，即大军之立罢。质于天地，信若丹青。我无彼欺，尔无我诈，言尽于此，更不繁云。苟曰未然，请从兹绝。窃以阳春在候，庶务萦思，愿无废于节宣，更自期于爱重。音尘匪远，风壤犹殊，翘想所深，劳于梦寐。①

这份赐书，当年是由南唐第一次议和使者工部侍郎文理院学士李德明和第二次议和使者礼部尚书王崇质带给李璟的。李德明出使后尚未归唐，此时，便与王崇质共同担负起为周世宗传书南唐的使命。之前，李璟上表以削除帝号，割淮南寿州、濠州、泗州、楚州、光州、海州六州之地，岁贡金帛百万为罢兵条件。周

---

① 《全唐文》（影印本）卷一二六《周世宗·赐李景玺书》，上海古籍出版社，1990年。原文无句读，小说文中引用时，句读为笔者所加。

世宗对李璟的条件并不满意，所以在赐书中说："必若尽淮甸之土地，为大国之提封""江北军民，并当留住，免违物类之性，俾安乡土之情"。这是要李璟尽割江北之地给周。至于李璟是否削去帝号，周世宗觉得不是关键，所以说："至于削去尊称，愿输臣礼非无故事，实有前规。"

赵匡胤是带着一种奇怪的心情读这份赐书的。因为，与这份赐书有着最直接关系的人除了钟谟如今都已经死了。他们当中，有人以至尊的皇帝身份入了黄泉，有人以卖国求荣的叛臣身份被处死，有人因要做个忠臣而被杀，被杀的人死了，杀人的人现在也死了。他们的愤怒、他们的悲伤、他们的慷慨激昂、他们的阴谋诡计、他们的洋洋得意，还有他们的或英俊、或丑陋、或平常的音容笑貌都已经随风而去了。如今，只有赵匡胤眼皮底下的一份赐书，告诉还活着的人，那些曾经的王侯将相，他们的命运与活动，不是一场虚构的戏剧，而确实在历史舞台上真实上演过。

赵匡胤带着发自本性的悲悯，想起南唐使周议和的几个使者。命运对他们来说，都可谓悲惨啊！

李德明被周世宗放回南唐，劝李璟接受大周苛刻的议和条件，遂被南唐宿臣宋齐丘等人排挤。为了抓住机会对付政敌，宋齐丘与陈觉、李徵古等大臣诱使王崇质作伪证，说李德明是"卖国求利"。李璟盛怒之下将李德明腰斩。

南唐第一次议和使者钟谟和第二次议和使者孙晟都被周世宗扣押，钟谟后来回归南唐后被政敌诬陷，遭到流放。

孙晟是个忠臣，被周世宗盛怒之下处死。周世宗曾带着他到寿州城下劝降刘仁赡，当时刘仁赡已经死守寿州多时，孙晟对城头的刘仁赡慨然说："君受国家厚恩，不可开门纳寇！你要坚持守住，援兵不久将至！"刘仁赡听了孙晟的勉励，更加坚定了信心。

周世宗大怒，孙晟对周世宗说："我是唐的宰相，怎么可以劝唐的节度使外叛呢！"周世宗无奈，又想方设法从孙晟口中探听南唐的内情，可是孙晟从此闭口不言。周世宗被孙晟惹得恼羞成怒，将他关入监狱后处死。临刑时，孙晟从容地整理了自己的衣冠，不紧不慢地向南方跪下后说道："臣谨以死报国。"孙晟的死讯传到南唐，李璟失声恸哭。周世宗杀了孙晟后也是郁郁不乐，大有悔意。

周世宗于次年再次亲征淮南，兵临寿州城下。刘仁赡继续死守寿州，战事的压力使他很快患了重病。南唐江南援助寿州的部队又被周师消灭，寿州城内将士虽然尽力死守，但已知突围无望，于是以刘仁赡的名义上了降周表。周世宗览表大喜，赐书于他。诏书称：

> 朕昨者再幸淮沚，尽平诸砦。念一城之生灵，久困重围；豁三面之疏网，少宽疲瘵。果闻感义，累贡来章，卿受任江南，镇兹淮甸，逾年固守，诚节不亏。近代封疆之臣，卿且无愧，忠烈迥翔之际，不失事机。万民获保于安全，一境便期于舒泰。卿便可宣达恩信，慰抚军城，将觇仪形，良增欣沃，览奏嘉奖，再三在怀。[1]

周世宗欣喜之际，又发《受寿州降谕天下诏》告知天下：

> 朕昨者再举锐师，重清淮甸，凭元穹之助顺，赖将

---

[1] 《全唐文》（影印本）卷一二五《周世宗·赐刘仁赡书》上海古籍出版社，1990年。原文无句读，小说文中引用时，句读为笔者所加。

相之协心，尽致援军，便临孤垒。刘仁赡智勇俱竭，请罪军门，相次遣男，奉表输诚，乞全生聚。今月十一日大陈兵众，直抵城池，刘仁赡率在城兵士一万余众，及军府将吏僧道百姓等，出城纳款，寻便抚安。寿春既静于烟尘，江表贮同于文轨，远闻克捷，当慰衷诚。[①]

可是，当寿州的将士把病得不省人事的刘仁赡抬到周世宗帐下时，周世宗终于明白，并不是刘仁赡真降了他。钦佩之下，周世宗拜他为检校太尉兼中书令、天平军节度使，又赐书称：

朕临御万邦，推诚克己，当五兵未戢，雷霆宣震耀之功；勤万旅投戈，覆载示生成之德。况卿等受任本国，保兹列藩，戮力邦家，将帅常道，救援不及，迥翔得宜，事主尽心，何罪之有？已令宣谕，当体优恩，勉自保调，无更疑虑，称奖在念，寤思不忘。[②]

当天，刘仁赡病死。李璟闻讯，又大哭一场，下诏追封刘仁赡为太师。

赵匡胤翻看着旧日的南唐上表和周世宗诏书，心情说不出的沉重，一颗心仿佛被浸了水的棉团填满了。

---

① 《全唐文》（影印本）卷一二五《周世宗·受寿州降谕天下诏》，上海古籍出版社，1990年。原文无句读，小说文中引用时，句读为笔者所加。

② 《全唐文》（影印本）卷一二五《周世宗·赐刘仁赡诏》，上海古籍出版社，1990年。原文无句读，小说文中引用时，句读为笔者所加。疑影印本原文个别字刊刻有误，如"推诚克己"原文为"推诚克巳"，引用时改为"己"。

"这些文字，以后会有几个人再看呢？先帝的故事，李璟、孙晟、刘仁赡等人的故事，以后还会有人知道吗？这些人，如今都已经作古。他们的肉身，便如那些在战争中死去的士兵一样，便如那些在田间耕作的农夫一样，都已经枯朽，化为尘土了吧。可是，正是这些文字，告诉世人，他们每个人都是他们自己，或喜或悲，或尊荣或卑贱，或勇猛或怯懦。可是，以后的人，还会像我这样在羊脂蜡烛下仔细去看这些文字吗？况且，这些文字，恐怕终有一日要随着这些纸张而腐朽吧！李筠、李璟，我们都一样，终有一天，也将化为尘土。可是，如今，我们为何如此苦苦相争啊！李筠、李璟，我究竟该如何对待你们呢？这盘天下为棋盘的大棋局，我究竟该如何下啊？"

想到这里，赵匡胤感到一阵悲哀袭来，扭头看那书案上的羊脂蜡烛，已经快烧到底了。他感到疲惫，可是却一点睡意也没有。

赵匡胤环视了一下书房，隐隐约约可以看到在蜡烛光团之外，书架静静立在黑暗里，书架的格子里，一摞摞的书分割出一块块更加深邃的阴影，仿佛要告诉他这里面藏着许多不为人知的秘密。

"在这些书里，在这些诏书、上表之中，藏着先帝的故事，藏着那些死去的人的故事，可是百姓们在心里，究竟是怎样评价先帝和那些死去的将相们的呢？朕以兵变而登大宝，这几日来都在皇宫内，也不知道坊间百姓会怎样议论朕，又会怎样议论李筠？"赵匡胤突然萌发了想出宫去看看的念头。

赵匡胤从椅子上站起身来，伸了个懒腰，迈步走到书房门口，"咯吱"一声，拉开了门。书房门外当值的宦官李神祐原本背对书房门而立，见皇帝开门出来，赶忙转过身子，退了一步，低首侍立。

"现在是什么时辰了？"赵匡胤温和地问道。

"陛下，寅时将尽了。"

"朕今夜毫无睡意，想出宫走走。"

"这——陛下，您要保重龙体啊！"李神祐犹豫了一下，还是说出了劝阻的话。

"没事，朕在打仗的时候，熬夜可是家常便饭。呵呵，走吧。"

"可是，这可太不安全啦！"李神祐紧张起来。

"朕先去福宁宫换便装，你随朕来吧。废话少说，跟着走就是了。对了，出去后别再叫'陛下'，叫'老爷'。你是我的李管家。走吧，李管家，愣着干吗？"

三

　　夜空是宝蓝色的，看上去非常高，有些或浓或淡的云在天空飘着。当这些云彩挡住月亮的时候，天地间便暗下来。当月亮躲开它们的遮挡时，天地间又重新被带着神秘气息的清冷月华所笼罩。

　　赵匡胤仰起头，望着还未迎来黎明的夜空，深深地吸了一口气。好久没有这样仰望夜空了！上次静静地看着夜空是什么时候呢？想不起来了。他任由月亮将清凉温柔的光洒在自己的脸上、身上，感受着它带来的天地间特有的静谧。可是，不一会儿，月光暗了下去，云彩挡住月亮了，东华门街又再次浸入黎明到来之前的黑蓝色的夜。

　　这时，空气中飘来阵阵香气。有风，这香气忽而浓，忽而淡。他感到有些恍惚。"有多久没有来这东华门街了呢？是的，很久了，很久了。上一次，是陪着如月来的。这是从哪里飘来的香气呢？一定是什么花，像蜡梅。哦，是的，就是蜡梅。如月是喜欢这些蜡梅的。现在，如月与三个孩子一定还在梦乡里吧。"他突然想起了如月与三个孩子，借着月光，他用方才汲取了月华的双眼搜寻着街道的两侧。他从黑暗中分辨出东门街两侧的房屋，分辨出房屋前间隔种着的树木与花草。前面那几丛一定就是蜡梅。看，它们那细而柔韧的枝条；看，它们在黑暗中依然星星点点盛开的繁密的小花。这些小花一定是黄色的，就像往年一样，它们总是这样安静地盛开着。黑夜掩盖了它们灿烂的颜色，可是掩盖不了它们的花香。

他再往东北面望去，在东华门街北侧一溜低矮房屋的后面，黑蓝色的夜空衬出一片一片密匝匝的树枝。虽然已过了立春，可那些在冬日里落光了叶的树木，在干燥寒冷的空气中，还没有长出带着生命气息的绿色的新叶子。它们将干枯如戟的树枝刺向天空，树枝与树枝的黑影彼此交叉着、重叠着，仿佛要织出一张隐藏人间所有秘密的网。在这些树枝形成的黑色网状的屏障后面，是几座高屋黑黢黢的轮廓。在这几块黑色轮廓的东边，有几块更高的黑影，不过这几块高大的黑影里面，亮着几串红灯笼。那几串红灯笼发出的光，给冷寂的清晨添加了几分温柔与暖意。

赵匡胤君臣二人换了便衣，从宫中刚走出东华门时，天还未亮，但是已近黎明了。因为未到五更二点，所以当时东华门还未开。要不是赵匡胤亮出皇帝的身份，看门的卫兵还真不会让他们出来。

正当赵匡胤站在东华门外仰望夜空，品味着幽幽的蜡梅香的时候，东华门街两侧的房屋里陆陆续续传出了声音。人们起床的声音、洗漱的声音、互相呼喊的声音、下门板的声音、开门的声音，一下子在街边房屋深深的黑影中响起来了。不一会儿，东华门街这条不短不长的街的两边，亮起了点点的光。那些光，有的是蜡烛发出的，有的是油灯发出的，一下子使东华门街活跃起来，生动起来，仿佛一个人经过一夜的沉睡，一下子醒过来后精神焕发了。

"这条街的人起得可真早啊！李管家，走，咱们到前面瞧瞧！"赵匡胤拍了一下李神祐的肩膀。

"是啊，都是做早点生意的。每天卯时，十字街、高头街、热闹街、南北讲堂巷等周围十数条街巷的宅院里的人都会来这儿买早点的。还有准备上朝的官员们，有些就经过这条街去待漏院。"

"早起的鸟儿有食吃啊。"

"里面的人也常来这里买早点的。"李神祐往身后的东华门指了指。

"哦？这么说来，这里肯定有很多好吃的早点咯。"

"老爷，我看咱们还是回去吧。一会儿这儿就乱起来了。"

"这不是刚出来才几步吗，甭担心！"

"我说老爷啊，您莫非是想在这里吃早点不成？"

"哎，你这一说，还真勾起了我肚里的馋虫，我还真想尝尝这条街的早点了。"

"这个——"

"别磨蹭啦，走，到前面那家瞧瞧去。"

赵匡胤与李神祐走近一家店面，只见一个胖子正在店头忙碌。那胖子五十多岁的模样，头戴小帽，穿着右衽短衣，腰束一条麻布巾带，他正将袖子高高卷起，从后面一个年轻人的手中接过一个笼屉。店内没有蜡烛，也没有点油灯，借着黎明微弱的天光，赵匡胤看见店里那个年轻人与胖老头一样，戴着一顶民间常见的小帽，穿着一件略显宽大的右衽短衣，也束着一条灰色的巾带。年轻人将笼屉交给那个五十多岁的胖老头后，转过身去，又在案板上低头揉起面团。年轻人旁边站着一个老太婆，她面前的案板上是切成一块块的小面团。老太婆正用擀面杖将一个面团擀成圆饼状。她的旁边，是一摞五六层的竹笼屉。笼屉正呼呼地往外冒着白蒸汽，将店里面弄得烟雾缭绕。笼屉旁边，还有一口锅，也在呼呼地往外冒着蒸汽，显然正在煨煮着什么东西。胖老头将笼屉打开，放在店头窗口的案板上，里面是五六个蒸饼，然后又低头从案板下取出一个木匣子打开放在自己的右手边。那木匣子显然经过多年的烟熏火燎和拿来放去，已经变得油黑发亮了。

赵匡胤走近店头窗口，嗅到一股香味，心想："好香的肉味啊！"他往那冒着白汽的大锅望了一眼，又往木匣子里瞥了一眼，只见木匣子里面放着十来枚一文的铜钱，知道那是一个放钱盒。

"店家，你这是卖蒸饼夹爊肉吧？"赵匡胤笑着问。

"是啊。哦，看这位老爷，好像是刚来京城不久啊。怎么这么早就出来买早点啦？呵呵，呵呵。您来几个？"那胖老头笑着说。

"是啊，是啊，我家老爷刚来京城做生意。"李神祐不等赵匡胤回答，便接过了话头。

"现在稍稍太平，跑生意能赚钱吧？"

"哈哈，糊口而已，糊口而已。"赵匡胤笑道。

"老爷这是从哪里来呀？"

"从高平来，刚来！"李神祐早想好了说辞，接口道。

"哦！高平啊——老爷，您要来几个蒸饼啊？"胖老头用袖子擦了一下蒜头鼻，笑着问赵匡胤。

"怎么卖啊？"赵匡胤问。

"两文钱一个。"

"先来两个尝尝吧。我同管家一人一个，先尝尝，好吃再多买。"

"好嘞，那您稍等！"

"这屉里不是有吗？"

"不瞒两位，这屉是昨天卖剩的，还冷着呢，先摆出来招揽客人的。过会儿热热，我自家吃的。"

"老板倒是实诚。"

"天子脚下，不敢欺客啊。这位老爷你可知道，那年前朝世宗皇帝征讨淮南，攻入了扬州，有个卖饼的，做的饼又小又薄，世宗皇帝一怒之下将扬州城内卖饼的人抓了几十个，准备一并砍了他们的头以正市风。要不是那个赵匡胤将军——哦，不，应该说是'今上'了——要不是他劝住了世宗皇帝，说那些奸商罪不至死，不可滥杀，扬州卖饼的人说不定当年都被杀完了！"胖老头被挑起了话头，一口气说了一串话。他背后的年轻人听着胖老头说话，听到"赵匡胤"这个名字的时候，揉着面团的手突然停了一下。

那五十多岁的胖老头不是别人，正是钱阿三。他背后正在揉面的年轻人，正是化名为"韦言"，如今已经认了钱阿三夫妇为干爹娘的韩敏信。

钱阿三的话，让赵匡胤愣了一愣。他当然知道钱阿三说的事情，不过，这件事情在钱阿三嘴里说出来可也走了样。那年，周世宗进入扬州，微服巡视扬州，确实发现一家卖饼的做的饼又小又薄，却卖得很贵，又听人说那家店卖饼经常短斤缺两，于是暗暗生气。他派人暗访扬州，抓了许多奸诈商人，准备通过严惩这些奸商来赢得民心。"可是，当时世宗也没有抓几十个卖饼的，只抓了几个。而且，世宗也没有说要全部斩杀啊。我确实是劝了世宗，可也只是劝世宗惩罚不必过严。在这店家口里，怎么变成了周世宗要斩杀数十个卖饼的商人呢？"赵匡胤心想："这民间的传言可真是厉害啊！不过，今日京城欺客的奸商少了，还真是要感谢世宗！"

"不打紧，我等新出笼的就是了。店家，你方才说的前朝皇帝的故事，我还是第一次听说呢。现在改朝换代了，不知店家如何看今日的皇帝啊？"赵匡胤用漫不经心的口气问道，说话时用手摸了一下那屉里的蒸饼，果然是冷的。

"俺是个卖饼的，哪敢随便评价今上啊！"钱阿三打了个哈哈，用手拍了拍那屉中的冷蒸饼，继续说道，"只要能让俺继续做生意，有口饭吃，日子过得安生，他就是好皇帝。再说了，今上当年能劝世宗皇帝不要滥杀奸商，想来应该不是个石头心肠的人吧。"

"他比起前朝周世宗怎样啊？"赵匡胤忍不住要将自己与周世宗比。人要克制自己的好胜之心并不容易。

"这个俺不知道。前朝周世宗英勇神武，夺取了淮南之地，那是不世之功。可怜他英年早逝！您知道吗——"钱阿三突然压低声音，将长着大蒜鼻的脑袋往窗口外探出来，靠近赵匡胤的脸说道："听说周世宗的妻儿都被今上迁到西京去了。"

"哦，这有何不妥吗？"赵匡胤心头一紧，问道。

"说不定会留下后患啊！"

"啊？此话怎讲？"

"你想啊，如果有人占了你的家财，还假惺惺地让你去亲戚家里寄居，你心里能好受吗？即便你心里好受，你的孩子会怎样想呢？八成会怀恨在心啊！"

"难道今上该杀了那孤儿寡母不成？"赵匡胤听了钱阿三的话，不禁感到头皮一凉，惊问道。

"俺不是说今上该狠心杀那孤儿寡母，俺是为今上担心啊！"钱阿三叹了一口气，用手拍了一下屉中的冷蒸饼。

"啊——"赵匡胤打了个哈哈，心中回味着方才钱阿三说过的话。

"如果今上真的饶了那母子，说明他有一副好心肠。不过——"钱阿三露出了犹豫的神色。

"不过什么？"

"不过，坊间也有其他的说法。"

"还有什么传言啊？"李神祐这个时候不禁插了一句。

"坊间也有人说，那是今上的高明之处。听人私下传说，今上会在西京暗暗除掉世宗留下的孤儿寡母！"

"你信吗？"赵匡胤一听，脸上的肌肉抽动了一下，急问道。

"这个——俺是粗人。谁知道呢！周世宗是个好皇帝，他在位时，俺才不挨饿呀。在汉皇帝在位的时候，俺失了自家的地，那日子难熬啊。那年又遇到大灾，俺的儿子是给活活饿死的。后来，俺来到了京城，赶上了世宗在位，算是赶上好时候咯，俺是希望世宗的妻儿能够善终啊。"

"啊？后面那位不是你的儿子啊？我还以为是——"赵匡胤心里觉得不是滋味，想把话头岔开去。

"那是俺的义子。阿言，快蒸好了吗？"

"就好！这就端来。"阿言——也就是韩敏信——手中揉着面团背对着干爹回答道。

此刻，在他心里，正盘算着一个新主意："我一定要混入皇宫，如果混不进去，我就去西京找世宗的符皇后，也许可以通过说服她令各处节度使起兵反宋。记得当年听父亲说过，符皇后的父亲是符彦卿大将军。如果有符大将军起来反宋，李筠将军就有了呼应。哎，李筠将军那边不知道进展怎样了。看样子，我得加紧我的计划！"他不知道，此刻他心中的杀父仇人——当朝皇帝赵匡胤正在他的身后，等着他的蒸饼。如果他知道，他一定会立刻在这些蒸饼中下毒药。他的内心，对他的杀父仇人没有丝毫的怜悯；他的内心，已经几乎被仇恨完全占据了。如果说还留下了一点点的空间，那是留给了他心中爱慕着的女子。可是，即便是这种充满甜蜜与苦涩的爱慕，也常常被日益积聚的仇恨所淹没。

"得了，俺自个儿来吧。你赶紧揉面。"钱阿三转了个身，自己去拿那被白色蒸汽笼罩着的蒸笼。

赵匡胤的眼光停在那只钱匣子外壁的一块污渍上。那块污渍油乎乎的，像块黑黄斑附着在木盒子的外壁上。他盯着那块污渍有些发愣地看，只见那块污渍一会儿幻化为一个马头，一会儿幻化为一把斧子，过了一会儿，又仿佛变成了一张人脸。谁的脸？一会儿像韩通，一会儿像周世宗，一会儿像李筠。那张脸似乎一会儿歪着个嘴角，露出不屑一顾的倨傲样子，一会儿又怒目圆睁。见鬼！这是怎么了？赵匡胤感到脑袋左边刺痛了一下，这刺痛像一只虫，从脑子里飞速经由他的脖子，再经过左肩，钻到了他的心房，他的心房抽动了一下，感觉那虫子又迅速经由左肩钻入他的左手臂，他的左手感到一阵痉挛。

"来咯，来咯！热腾腾的蒸饼来喽！"

这时候，赵匡胤看到钱阿三已经将一笼屉刚刚蒸好的蒸饼捧了过来。钱阿三揭开蒸笼的盖子，一股蒸汽带着热量喷薄而出，白色的蒸汽顿时弥漫开来。它弥漫在钱阿三那张长着蒜头鼻的脸周围，弥漫在那个外壁带着污渍的钱匣子周围，使切面团的老太婆和揉面的年轻人的身影都处于一种带着神秘感的氤氲之中。

像无数次揭开蒸笼盖子后一样，钱阿三带着无比的热情，仿佛是怕被那蒸饼烫着了手似的，探着圆圆的蒜头鼻，一边嘴里发着"嘘嘘——嘶嘶——"的声音，一边用一个油乎乎的竹夹子将两个热腾腾白白胖胖的蒸饼夹了出来。他将那两个蒸饼放在案板上，嘴里又发出"嘘嘘——嘶嘶——"的声音，很快用刀将两个蒸饼依次片开，接着又在白色的蒸汽中非常灵活地转了半个身，揭开老太婆身边的锅盖，用竹夹子去热气腾腾的锅里夹爊肉。

赵匡胤看着钱阿三手脚麻利地弄好了两个蒸饼，心情稍稍舒畅起来，木盒子外壁上那块污渍也躲在白色的氤氲里面，不再出来烦他了。

"趁热吃，趁热吃，香着呢！"钱阿三热情地将一个夹好爊肉的蒸饼递向赵匡胤。

"太烫啦，太烫啦，我先拿着！咱拿回去吃吧。"李神祐不待赵匡胤伸手，一把抢过钱阿三手中的蒸饼。

"不打紧，不打紧，热的才香呢！"赵匡胤笑了笑，从钱阿三手中接过另一个冒着热气夹着爊肉的蒸饼，也不待李神祐阻止，直接放嘴里咬了一口。

"老爷——这——"李神祐现出紧张的神色。

"李管家，来，你也赶紧尝尝，这爊肉啊，香！这蒸饼，软硬恰到好处，好吃！好吃！"

李神祐担心着皇帝的安危，心不在焉地咬着蒸饼，哪里还顾得上品尝它的香味。

"哎，俺也向您打听点消息啊？"钱阿三突然又压低声音，将蒜头鼻探出店头的窗口来。

"哦？"

"老爷是四处跑生意的，又从高平来，不知您可听到传闻没有？"

"什么？"

"有传言说，很快要打仗了呀！"

"什么？谁说的？"赵匡胤一惊，差点咬着了自己的舌头。

"听说，潞州李大将军正在筹备兵马，也不知道要与谁开战了！"

"哦？这我可没有听说。"

"但愿只是谣传，否则刚刚安生的日子，恐怕又过不了几日咯！"

"我说你这老头子，整日跟人聊什么打仗啊打仗啊，真打起来，都是被你这乌鸦嘴说的。刘爷那儿子，记得吗？不就是前些年跟周世宗征淮南时死的吗！现在尸首都不知道在哪里呢！还有热闹街的瓜子陈的儿子，不也是那次打淮南时丢了性命吗！老头子，你就别再嚼舌啦！"老太婆在店内白色的氤氲中插嘴说道。

赵匡胤往里瞥了一眼，见那老太婆正在用刀切面团，头也不抬地说话。她身旁的年轻人，一个肩膀低，一个肩膀高，正在卖力地揉面，他们周身，笼罩着白色的蒸汽。那白色的蒸汽，令他想起了他的妹妹阿燕在厨房里擀面的情景。

"老太婆啊，我这与客人说话呢，你少掺和。老爷啊，您别光听我说了，您吃啊！哎，谁希望打仗啊。可是，要是早点有个消息，俺们做生意的也好早点有个应对啊。您说是不？"

"是！是！"赵匡胤又咬了一口蒸饼，若有所思地答道。

他在心里又想起了李筠。"如何应对李筠呢？也许范大人说得对，放他回去，感化他，避免战争，这才是上上策啊。"他嚼着蒸饼，心里盘算着怎样才能尽力避免战争："就这样放了李筠，恐怕还是没有用的，我还得做些努力才是！"

"但愿不要打仗啊！"钱阿三突然像一个瘪了的气球，重重地叹了口气。

"老板，再给二十个。"赵匡胤说道，此时他已经吃完了手中的那个蒸饼。

"二十个？"钱阿三有些发愣，瞬间又露出满脸的笑容，仿佛一下子打了鸡血。

"家里人多，带回去吃。"赵匡胤笑道。他这是想给如月和几个孩子带回去尝尝，当然，还要给母亲和阿燕送几个去。

"好嘞！您稍候！"钱阿三兴高采烈地忙活起来。

"老爷，咱怎么拿啊？"李神祐突然发现自己没有可装蒸饼的东西。

"没事，老太婆啊，快去把咱们的篮子拿来，再拿块干净的白纱布来。"钱阿三扭头对老太婆喊道。

"好——"老太婆应了一身，放下手中的刀，往里屋走去了。

李神祐突然又扯扯赵匡胤的袖子，说道："老爷，咱方才慌慌忙忙出来，忘了带钱啦！"

赵匡胤一愣，心想："坏了，我平日没有带钱的习惯，这下糟了，别把我俩当成吃霸王餐的了。"

正在两人发愣时，老太婆已经将一只用山桃树枝条编成的篮子和一块白纱布拿来了。钱阿三一边将弄好的蒸饼往里装，一边乐呵呵地傻笑。

"真是不好意思，老板，我与老爷出来时忘了带钱啦。赊一日，明天给你成不？"李神祐红着脸开口了。

钱阿三听了，稍稍一愣，呵呵笑道："没事，没事，明日给也成。来俺这买蒸饼的，八九成都是老街坊。您二位是新客人，俺做定你们的生意咯！这篮子你们也安心拎着去吧。"一边说，一边继续将夹好燎肉的蒸饼放入篮子中。

赵匡胤听了，心中感到一阵暖意，这种暖意，在朝廷里面，他很少感受到。

"老板放心，回头这篮子和赊的钱我一定让李管家送来。"赵匡胤道。

说话间，钱阿三已经将二十个蒸饼放入了篮子中，小心翼翼地盖上干净的白纱布，递给了李神祐。

"谢谢啊！谢谢！"李神祐赶紧道谢。

君臣二人于是离了钱阿三的蒸饼店往东华门走去。两人刚迈开步，赵匡胤听得后面店内那个年轻人说道："干爹，我看咱可以让人绣个招幌，把生意做大些。"

"都是老街坊，还弄什么招幌啊！"

"这不是来了新客人吗！别担心，我来写字，找人依着字边儿绣上就成！"

"这孩子说得对。老头子，就依他的。"

"成，瞧你俩，一唱一和的。"

赵匡胤听得三人乐融融的对话，想起了早逝的第一任妻子，想起了自己早早夭折从未谋面的孩子，想起了对自己充满怨恨的如月，这些纷至沓来的思绪，让他不禁心里突然一酸。

这个时候，钱阿三的店头又来了一位客人，那人向赵匡胤和李神祐的背影不经意地望了一眼，又看了看店内韩敏信的背影，然后对钱阿三说道："老板，来几个蒸饼！"

"好嘞！"

"干爹，您歇着，我来招呼一下客人。"

"好，好！"钱阿三乐呵呵地说，"这位也是自你来后的新客人，你还真是个做生意的料啊。"

来的那位买蒸饼的人，不是别人，正是韩通的门客陈骏，他与韩敏信早已经约好，每隔一天来买一次蒸饼，顺便交换彼此打探到的消息。自韩敏信从潞州回来后，陈骏就在州桥附近租了间房，白日里在宫城外面转悠，观察皇帝出行的规律，准备伺机行刺。韩敏信策划的行动，也是与陈骏商量好的。两人遇到有什么重大的事情要商量，就会先在店头约好时间，然后到州桥上面去碰头。一般情况下，陈骏就会借买蒸饼，来钱阿三的店头见韩敏信。这日天还未明，陈骏睡不着，便早早起来，在黎明前赶到蒸饼店来见韩敏信，想要听听他的进展。

"老爷，您要几个？"韩敏信问道。

"拿五个吧。"陈骏道。

"今日午后，午时末，未时初，州桥上见！"韩敏信压低声音，悄悄地对陈骏说。

"十文钱，搁这里咯！"陈骏会意，点点头。

"叮叮当当——"几枚铜钱落在钱匣子里，与其他的铜钱相碰，发出清脆的声响。

韩敏信身后，高高摞起的蒸饼笼屉正呼呼往外冒着白色的蒸汽，店内一片氤氲。又一批蒸饼快要蒸熟了。

四

"看，我给你们带了什么好吃的！"

赵匡胤尽量使自己的口气显得轻快一些，因为如何应对南唐使者的事情还一直困扰着他。他很清楚，在李筠可能起兵反宋的情况下，对待南唐的不同态度会产生不同的后果。如果过于严厉，可能令南唐继续战战兢兢地俯首称臣，也可能激发它暗中与李筠勾结甚至与契丹勾结的可能性；如果过于温和，则可能被它轻视，从而使它产生幻想，说不定可能会使它加强军备来争夺失去的淮南地带。当然，即使对南唐温和，也并不能排除它与李筠暗中结盟的可能性。另外，他也知道，吴越国、后蜀、楚、南平等地的小朝廷也会视大宋对待南唐的态度做出各自的反应。

赵匡胤来到坤宁宫时，如月与三个孩子刚刚洗漱完毕，正聚在一起准备用早膳。如月今日穿上了一件新背子，正是用不久前小符送来的那匹四窠云花绫裁制的。御厨送来的早餐非常简单，与他们进宫之前没有什么差别。摆在桌子上的是一盆小米粥，一盆锅贴，几碟儿咸菜，还有一小盆鸡蛋。膳食要简朴，不得铺张，这是赵匡胤亲自定下的规矩，御厨不敢违抗。如月与几个孩子进宫后伙食与之前变化不大，因此也并不在意。

"娘，娘，爹爹买蒸饼回来啦！"小德昭闻到了篮子里飘来的蒸饼的香味，开心地从椅子上站起来跑到李神祐身边，揭开白纱布的一角看了看。

当小德昭奔向赵匡胤身边的时候，如月也从椅子上站起身来。她心里期望着夫君能够注意到自己的新衣服，说上一句赞美的话。是的，只要一句，就要一句，她就会心满意足的。可是，如月感到失望了。赵匡胤似乎没有注意到她特意穿上的新衣服。他几乎没有多看她一眼，更别提有什么赞美的话。"他心里喜欢我吗？"当这个问题再次从如月心底冒出来的时候，她的心再次被悲伤俘获了。

"别急别急！呵呵，待会儿给你奶奶、阿燕姑母也尝尝，"赵匡胤用温柔的声音对小德昭说，又扭头对李神祐说道，"你拿出几个，再给朕母亲与妹子送去。剩下的你就拿回去吃吧。"

李神祐应了一声，揭开盖着蒸饼的白纱布，取出五六个蒸饼夹燋肉放在装锅贴的大盆里。

小德昭又跑回自己的位子，双膝跪在凳子上，一只手撑着桌子边缘，身子往前探着，飞快地伸出另一只手，从盆里抓起一个蒸饼，大口咬了起来。

"真是小馋猫！也不等你爹爹一起来吃！"如月轻轻拍了一下小德昭的脑袋，假装发怒。

琼琼、瑶瑶两位小公主都从凳子上站起来，挨到赵匡胤身边，一边一个拽着他往凳子上拉。

"爹爹一起来吃。"琼琼仰着脸说道。

赵匡胤低头看着女儿红扑扑的小圆脸，心中感到的暖意使烦扰顿时淡去了许多。

"陛下，那我这就送过去了。"李神祐说道。

"好，记得把钱和篮子给送回去啊。来，爹爹陪你们一起吃。"赵匡胤扭头对李神祐叮嘱了一句，又将头扭回去对两个女儿说道。李神祐应了一声，便拎着篮子出去了。这时，赵匡胤发现如月还在桌边一直站着。她低垂着眼，神色似乎有些疲倦。

他注意到她身上换了一件崭新的粉色背子，也注意到了它上面的图样——一对对在云水中悠然嬉戏的鸂鶒。在粉色绫背子的映衬下，如月的脸上散发出一圈淡淡的柔和的光。赵匡胤心中油然生出一股怜惜之情。

"如月，快坐下吧。"他说。

可是，他并未对如月的新衣衫说一句赞语，也未对她那让人怜爱的娇美流露出一丝倾慕的神色。他自己也无法清楚地说明，为什么在如月面前，要压制自己内心的感情。他不止一次地想，他对如月的冷漠，也许是由于心中还念及旧日恋人阿琨，或者是由于第一任妻子贺氏的早逝使他曾经一度被融化的心又再次冰冻。有时，他也深深自责，并被一种奇怪的恐惧所困扰，他担心，也许自己会给所有自己爱的女人带去厄运。有时，他也暗暗埋怨自己当初顺从了世宗安排的与如月的婚事，被操纵的感觉竟然渐渐干扰了他对如月的感情，使他难以辨别自己是否真正爱着如月。他曾经一度试图寻找，自己对这几个女人的感情之间是否存在着某种联系。但是，他从来没有找到清晰而明确的答案。

终于，他在自己与如月之间，砌上了一堵漠然的高墙。在这高墙里，不仅砌入了旧日恋人阿琨的影子，砌入了早逝的第一任妻子贺氏的影子，砌入了他从未见过面的早已夭折的孩子的影子，也砌入了他对如月的误解、对她的怜爱以及因她而生发出的复杂纠结的感情。他的内心，其实依然记得，自己曾拥抱着她温软娇弱的身躯，说一定会保护她。他宽阔的胸膛上，仿佛依然还能感受到如月热泪的余温，但是他的眼睛、他的脸庞，却对她呈现出寒冬里花岗岩的冰冷。

"陛下——周太后从西京托人给孩子们各捎来一套衣服，昨日黄昏时送进坤宁宫的。另外，还有河南府的一些特产，有桑白皮、桔梗，还有玄参、丹参、半夏、大戟等，都是可以入药的。臣妾本想昨日禀告陛下，但陛下一直忙着，所以臣妾就自做主张先收下了。"如月坐到凳子上，抬起眼帘，幽幽地说道。

"昨日？你与她往日是要好的姊妹。回头你也备些什物，派人给她母子送去。也真是难为她了。那些桔梗、玄参、丹参等特产，就让太医来取，交给尚药局存着备用吧。"赵匡胤听了，微微有些吃惊，心里猜测着符皇后——也就是他封的"周太后"的心情。赵匡胤很吃惊，自己竟然在这件事上没有丝毫的快感，反而仿佛被沉重的愧疚压得有些喘不过气来。一种深刻的悲哀与愧疚，在情绪的大海中突然浮出水面，在这悲哀与愧疚中，又混杂着忽隐忽现的怜悯。

"见鬼！我真是个混蛋！"赵匡胤在心里暗暗咒骂了自己一句，这才感到稍微宽舒了一些。

"用你的名义送就是了。"赵匡胤补上一句。

"是，陛下！"

如月本来打算说，自己身上的新背子是用小符送来的四窠云花绫裁制的，又想到他也许根本没有注意到自己的新衣衫，内心犹豫了一番，终是对小符送来四窠云花绫之事只字未提。

"对了，周太后派来的人说什么了没有？"赵匡胤突然想起钱阿三说的关于西京的话。

"没有啊，送了衣服就离开了。"

"哦——"赵匡胤看着小德昭、琼琼和瑶瑶三个孩子正"吸溜""吸溜"地喝着小米粥,仿佛心不在焉地应了一声。

"符姐姐的命也够苦的,还请陛下——"如月说到这里,突然意识到自己也许不该再多言了,硬生生打住了话头,低下头去,眼光落在脚尖,手指轻轻抠着衣襟的边儿。

赵匡胤沉默了片刻,说道:"这个我知道。世宗也是命苦,长子、次子、三子都被后汉的人杀害了。长子宜哥还算有个名字,次子、三子竟然连名字也没来得及取。"

说到此处,赵匡胤不能不怀想起自己与如月那个刚刚出生便夭折的孩子,陷入了短暂的沉默。

如月仿佛察觉到了赵匡胤的思想,抚摸着自己的肚子,幽然叹了口气道:"是啊,周太祖登位后,给他孙儿赐名,可是,人都没了,只留个空名有啥用呢?"

"左骁卫大将军,左武卫大将军,左屯位大将军。后来,一个追赠为越王,一个追赠为吴王,一个追赠为韩王。有总比没有好啊!"赵匡胤追忆着故人的儿子,生硬地回答道,脑海里依然晃动着一个模糊的孩子影子,一个他永远也不可能勾勒出清晰轮廓的孩子的面容。

"有人心里惦记着他们就够了!"如月微微抬起头,看到赵匡胤的眼中似乎闪烁着泪光,心里颤动了一下。

"你符姐姐派来的人可曾说起宗训和他弟弟熙谨的近况?"赵匡胤问了一句。这时,如月发现他将"周太后"的称呼换成了"你符姐姐",而且直呼宗训和熙谨的名字。

"都没有说。熙谨与宗训一起跟着符姐姐,也算有个人照顾。"

"哎,只是不知道宗训其他两个弟弟的消息。兵变那天,后宫乱哄哄的。你符姐姐说,当日两个乳娘带着熙让、熙海,在几个内监与侍卫的陪同下，去东华门外街市场上逛街去了。自那之后，再无音讯。估摸着是因为害怕，在民间藏匿起来了。"赵匡胤暗哑着声音说道。

"陛下也要小心为是。那个韩敏信也至今不知下落，真不知会生出什么事情来呢！"如月睁大眼睛，用黑而明亮的眸子深情地望着赵匡胤。

其实，这一刻，赵匡胤动了一个念头："我该派人暗中监视周太后的动静，不怕一万，就怕万一。至于韩敏信、熙让、熙海，也需暗中寻访。不为我自己，也要为我的孩子们做些防备才是。"不过，他并没有将这个念头说出来，他是不会告诉如月的。

当赵匡胤心中冒出那个念头时，如月明亮的黑眸又黯淡下来，拿眼睛幽怨地瞟了他一眼，她看到自己的夫君正扭头满怀柔情地看着琼琼，但是，让她感到困惑的是，在那张满怀柔情的脸上，为什么似乎还隐隐渗透出一种令她感到战栗的寒气呢？

五

"陛下心事重重地来找我，是为了李筠之事吧？"赵普问道。他眯着眼，坐在中堂的椅子上，微笑地看着坐在对面的皇帝赵匡胤。

"掌书记说得没有错。不过，也不仅是这件事。"赵匡胤说话时，眼光停留在天井一角的数丛小竹子上。他盯着其中一根竹子的枝头。那根竹子在午后的微风中微微摇晃，枝头的竹叶随之晃动，上上下下、左左右右摇晃不定，就如同赵匡胤此刻举棋不定的心情。

"陛下在担心什么呢？"

"朕担心棋局走错一步，满盘皆输啊！"

"哦？"

"朕想放李筠回潞州。范质大人说的意见的确是有道理的。也许这次放他回去，他就会回心转意，明白朕的心意。可是，如果他执意与朕为敌，那岂非就是朕放弃了避免战争的办法吗？"

"陛下是想软禁李筠，或者是杀了他？"

赵匡胤愣了一下，说道："说实话，朕不是没有动过这样的念头。"

"那陛下现在想好了吗？"

"朕觉得头疼啊，不管往哪条路上走，都可能被天下人指责！朕若在京城软禁李筠，遍布天下的节度使必然大起疑心。如果在京城杀了他，恐怕天下人会说我是个暴君。若放李筠回潞州，则极可能导致一场甚至一连串战争。唉！"赵匡胤苦着脸叹了口气。

"陛下，您后悔了？"

"什么？"赵匡胤一惊，眼光离开了摇摇晃晃的竹叶子，看向赵普的眼睛。他看到赵普的眼睛里闪着精光，没有一丝笑意。

"后悔披上黄袍了吗？"

"不！朕不后悔。"

"既然不后悔，又何必如此犹豫不决呢？的确，目前的情况，陛下无论走哪条路，都可能被天下人指责。可是请陛下想想，难道您是为了赢得赞许才承受这天子之位的吗？陛下不是说过，要改变五代留下的乱局吗？如果需要以战止战，那就该战；如果有一线赢得和平的机会，就要去争取。至于是否放李筠回潞州，微臣左思右想后认为，还是得放。不放李筠，或在京城杀了李筠，虽然可能避免与潞州一战，但是可能导致天下节度使惊惶猜疑，甚至可能使天下离心。这对于我初立不久的大宋王朝绝对不利，说不定会动摇我大宋的根基。放李筠回潞州，的确有可能导致陛下与潞州之间发生一场激烈的大战。但是，陛下请想一想，除了李筠，除了潞州，还有南唐、吴越、后蜀、南汉、南平、北汉、契丹，陛下要消除五代乱局、十国杀伐，难道有可能避免所有的战争吗？"

"哎，掌书记，你说，如果天下各国都相安无事该多好！那样，百姓就可以安居乐业，就不会因为战争而妻离子散。有时候朕常常在梦中盼着这一天的到来。你说说看，天下各国，为什么就一定要相互攻伐呢？”

“陛下，您的希望，何尝不是微臣的期望。可是，陛下，您想想，天下各国，你担心我夺了你的地，我担心你抢了我的粮，彼此之间是不可能避免猜忌的。有猜忌，就会有防御与反击。有的国家会选择主动出击争夺先机，有的国家会选择保守防御，也有的国家会被动选择抵抗，有的国家则干脆选择投降。所以，天下各国，有合纵，有连横，有联盟，有分裂。还有，再退一步说——”赵普话说了一半，目光转向天井，似乎突然陷入了深思。他的目光失去了焦点，不知是看着竹子，还是在看中堂对面的影壁，或是看着虚空。

赵匡胤思索着赵普刚刚说过的话，没有打断赵普的沉思，等着他随时把未尽之言说完。

过了片刻，赵普仿佛回过神来，眯着眼睛，脸上露出略带神秘的微笑。

“再退一步说——陛下，你可曾听说过？”

“什么？”

“山中的野兽，往往会在一个地方撒上一泡尿来向其他野兽表明——”赵普说到这里，似乎故意打住了话头。

“表明什么？”赵匡胤问道。

“表明——这儿是自己的地盘。如果有其他野兽不小心闯入了这个地盘，那个在这里先撒尿的野兽就会对闯入者进行攻击。它们之所以对闯入者进行攻击，仅仅是因为自己的地盘受到了侵犯。因为，自己的地盘被侵犯，意味着它们原本拥有的食物、水源、驻地、交媾的对象等一切都可能被抢夺。所以，它们必须反击。

这也许是野兽的天性吧。"

"掌书记的意思是，人与野兽没有什么分别，也有这种天性？"

"不错。在捍卫自己赖以生存的食物、水、驻地方面，人恐怕与野兽存在类似的天性！所以，男人也会为女人而战斗，因为没有女人，就无法传宗接代。后代子孙，就是我们每个人生命的延续，所以，男人争夺女人，不仅是为传宗接代而战，说到底，恐怕是为自己而战吧。"

"这么说来，我们每一个人都是为了自己而战略？按照你的说法，朕与李筠的争斗，与野兽之间争地盘没有什么两样？"赵匡胤听了赵普的言论，感到颇为沮丧，甚至感到心底隐隐升腾起怒气。

"微臣方才谈的是野兽的天性和人的天性。但是，人会说话，人会思想，这就不同于野兽了。所以，微臣认为，人一定有超越野兽的地方。"

"说下去！"

"微臣读书不多，有些事也说不清楚。说实话，微臣一门心思想要当大官，当个好官，能治国、治人。大禹治水，让河流改道，这是战胜了物的天性。治人，就是要改变人的天性。人的天性，有好有坏。孔夫子说人性本善，可是微臣有时想，人性有善有恶，而天性可说无善无恶。人最初有的，就如同野兽一样，是天性。只是后来，人经过教化，开了窍，才有了真正超越天性的人性。"

"掌书记的意思，是要朕用人性去战胜天性，如此方能使争夺天下的意义不同于野兽的争夺？"

"这个，微臣也无法说清楚，大约是这个意思吧。陛下老是让微臣多读书，可是微臣稍读一点书，就喜欢自己胡思乱想。陛下读的书比微臣多，一定会比微臣想得更清楚的。"赵普带着神秘的微笑，眼光灼灼。

"少拍马屁。朕读的书再多，也没有你掌书记的奇思妙想啊！"赵匡胤用手指点了几下赵普，佯怒着说，心里却思考着赵普方才的话语。

"微臣哪里有什么奇思妙想，胡思乱想罢了。陛下不把微臣所说的当奇谈怪论就已经是万幸了。"

"对了，南唐派来的贺使已经到了京城，朕已经安排他们先在驿站歇息了。以你之见，朕该如何应对呢？"赵匡胤盯着赵普，期待听到他的意见。

"在接见南唐使者之前，陛下也许还应完成一件事。"

"哦？"

赵普仿佛想要躲避赵匡胤的眼光一样，微微低下了头。他沉吟片刻，又抬起头，看着赵匡胤说道："陛下应该在接见南唐使者之前，送李筠回潞州。"

"这很重要吗？"

"自陛下登基，有半个月了，南唐此前已经派出使者，如今时隔未久，再次派出使者前来朝贺，恐怕动机并不简单。微臣猜想，南唐一直是在静观天下的态度，同时派使者借朝贺来刺探我朝的实力和内外部各种力量的涨落。南唐是想看看原来周朝各地节度使的反应，也想看看吴越、后蜀、北汉、契丹等国的反应。在这段时间内，契丹偷袭我棣州而败北，李筠带着妻儿来京城，且不管李筠是抱着什么心思来的，这些消息，恐怕早有眼线通报到南唐国主的耳中。我大宋初创，京城除了韩通一事，总的来说还算承平，这是打破南唐幻想的一个方面；随后，契丹偷袭棣州败北，可以让南唐进一步感到我大宋的实力。如今，李筠来京，可能也向南唐传达了一个信号——后周的节度使还是臣服新王朝的。微臣说'可能'，是因为还有另一种可能，那就是李筠与南唐之前已经有了串通，两处一呼一应，说好了在同一时间来京城，以观陛下的应对。"

"你的意思，不仅李筠在猜测朕的心理，南唐也在看朕如何对待李筠？"

"不错，天下的节度使也一定在观望陛下的反应。"

"看样子，李筠也算好了朕会放他回潞州？"

"李筠对陛下定然是一半了解，一半不了解。陛下与他共事多年，李筠一定知道陛下不会在京城杀了他。李筠了解的是陛下的性格，可是却并不知道陛下判断天下大势后的应对策略。"

"掌书记的意思是？"赵匡胤问道。

"放李筠回潞州，李筠可能自以为得计，却不知道，陛下也可借此赢得一部分节度使的信任。"

"呵呵，朕服了掌书记了。掌书记比范质大人高明啊。范大人痛哭流涕才打动朕，你轻轻松松几句就让朕信服啦！看样子，朕是必须得放李筠回潞州了。"赵匡胤哈哈大笑起来。

"哈哈，恐怕陛下心中早有此意。不过……"赵普的话起了头，便停住了。

"不过什么？"

"陛下，人言可畏，陛下当小心为是。"赵普脸上显出欲言又止的神情。

"哦？掌书记听到了些什么？"

"右拾遗杨仲猷陛下不会陌生吧？"赵普徐徐说道。

"那个杨徽之[①]？"

"正是，微臣最近听坊间传言，说他与石熙载、李穆、贾黄

---

① 杨徽之（921-1000），字仲猷。

中、郑起等人经常宴饮吟诗,对禅让之事多有议论。"说到此处,赵普打住了话头,用似乎是漫不经心的眼光看着赵匡胤。实际上,他此刻是用了十二分眼力来观察赵匡胤神色的细微变化。赵匡胤脸上微微显出的不悦之色,并没有躲过他的眼睛。于是,他决定继续说下去。

"陛下,这杨仲猷以前就曾向周世宗谏言,弹劾陛下把控军权,收买人心。"

"掌书记,你不用说了。他身为右拾遗,向先帝谏言是他分内之事。朕当年未曾怪罪,今日更不会追责。"赵匡胤摆摆手,生硬地说道。

"好,微臣不说过去。可是陛下不知,他如今还敢口出狂言啊。"

"他说什么了?"赵匡胤心中不悦,却忍不住追问。

"他说,天生德于予,桓魋其如予何?"

"天生德于予,桓魋其如予何"这句话,是孔子说的,意思是上天赐予我品德,桓魋究竟能拿我怎样呢?当年,孔夫子从卫国前往宋都,未到宋国,坐在一棵大树下向弟子传道,结果宋国司马桓魋派人砍倒了大树。孔夫子自知宋国容不了自己,便带着弟子提前改道,前往郑国了。离去之前,面对焦虑的弟子们,孔夫子以一种坦然而骄傲的姿态,从容地向弟子们说出了这样一句话,以对桓魋表示轻蔑。这句话所包含的深刻内涵,古来学者参悟甚多。虽有争论,但想来在那种情境之下,孔夫子言下之意是:品德是内在的,桓魋能够砍倒大树,但是又如何能够灭掉我的品德呢?孔夫子一定是抓住那个时机,向弟子暗示一个道理:上天赐予人内在的品德,外力是无法把它摧毁的;或者也可能是,人顺天意而生的内在品德,外力是无法摧毁它的。后来,孟子说,只要内心有浩然之气，"虽千万人吾往矣"，这大约是将孔子在恶势力面前怀抱道德的从容无惧，进一步发展成了大无畏之精神。

赵匡胤喜爱读书，孔夫子的著作也是常读的，"天生德于予，桓魋其如予何"这句话他怎能不知道。

"这个杨徽之，是将朕比作桓魋吗？哼，他也真是大胆！不过，掌书记是怎么听说这句话的呢？"此刻，赵匡胤尽量压制着内心的不悦，希望将此事问个水落石出。

"微臣听说，他们几个有一天在酒楼聚饮，酒酣之际，口出狂言，被旁边的食客听到，便在坊间传开了。"赵普脸色平静，不紧不慢地答道。他倒没有说谎，坊间确实有这样的传言，不过，将"天生德于予，桓魋其如予何"这句话，与之前杨徽之弹劾赵匡胤的事情相联系，却是他赵普的杰作。

"我大宋初立，谣言足以乱政。他若有意诋毁朕，朕会让他受点惩罚，长长记性。不过，酒后狂言，人也在所难免，"赵匡胤沉下脸来，又摆了摆手，"这个，就休要再提了。朕知道了。掌书记提起此事，是为了催促朕尽早送李筠回潞州吧！"

赵普一笑，道："算是吧！"

赵普这一笑，笑得轻松，笑得意味深长。因为，他今天达到了目的，可以说非常顺利地达到了目的，而且是一箭双雕。不，简直可以说是一箭三雕。

劝赵匡胤放回李筠无疑是他的目的之一。实际上，他最初曾想劝赵匡胤在京城内杀了李筠，但当他知道这样的思路不可能符合赵匡胤的意图时，便迅速改变了自己的策略。

另外，他在这个时候提起杨徽之、李穆、石熙载等人，也绝非是借此催促赵匡胤尽早放李筠回潞州这么简单。这几个人，都是赵光义信任并喜爱之人。杨徽之可以说是赵光义的诗友，殿中侍御史李穆又与杨徽之交好，石熙载则是赵光义担任泰宁节度使后的掌书记，殿中侍御史郑起也是杨徽之的好友。这样一来，赵普就在赵匡胤面前将自己与赵光义的人放在了对立面，这无疑使他进一步获得了赵匡胤的信任。

赵普的这步棋，还隐藏着更为深远的谋略。他知道，杨徽之是工部尚书窦仪所器重的人。窦仪学问渊博，品行端正，为人刚直，一定是未来自己仕途上的敌手。他希望通过打击杨徽之，使窦仪在皇帝心中的地位也受到影响。

所以，当他看到赵匡胤脸上露出不悦之色的时候就知道，他的这步棋走对了。"仲猷，对不住你们了。尽管你们都是好人好官，可是，谁让你们处在这个位置呢？"他心中暗暗说道。当他把这几只无罪的羔羊推到一个危险的境地时，他的心里，并没有对他们的仇恨。从某种程度上说，他甚至觉得他们几个身上都有某种吸引他的品质或魅力。他有时甚至觉得自己敬畏、倾慕他们，想从他们身上学习那种他自己缺少的特质。他敬畏窦仪的严正刚直，嫉妒杨徽之的远见和诗才，喜欢石熙载的醇厚，钦慕李穆的忠孝，佩服郑起的风流飘逸。可是，他抑制不住自己的野心与欲望，他知道，他必须主动采取行动，为自己寻找机会，赢得未来。为此，他必须下这步棋。他知道，这步棋的影响可以很远很远。

次日，赵匡胤率群臣亲自到开封城旧酸枣门外送李筠回潞州。城门外，不少农户的土屋错落地散布在绿色的田野中，一条灰黄色的土路，直直向北方延伸而去，土路两边，在低矮浓密的灌木中，疏落地植着高高矮矮的旱柳。它们刚刚冒出了绿芽，显出春天的生机。这是一幅宁静悠闲的乡村图景。然而，在这幅美好图景中，不论是送行之人，还是被送之人，心情都不轻松。

欲借大辽的离间计除去赵普的计谋失败后，李筠的内心一度忐忑不安。他担心赵匡胤追查此事，最终可能会发现他与赵光义、王彦升的密谋。但是，出乎他意料的是，赵匡胤不仅似乎无意于追究大辽南京留守萧思温私下贿赂赵普之事，而且顺水推舟让赵普正式联系萧思温，达成了北部宋辽边界的暂时休兵协议。这个结果，使萧思温自以为得计。李筠后来细细思考，觉得自己也并没有吃亏。因为，当时他通过密信向北汉主许诺，只要除去赵普，他就一定在潞州起兵反宋，联合北汉共取天下。如今赵普未能除去，他对北汉主并没有欠下什么，也没有必要履行密信中的诺言。这样一来，李筠意识到自己依然掌握着主动权。日后真的起兵反宋，再要求北汉联合出兵时，北汉主一定会以为占了便宜。至于北汉主，尽管知道除去赵普的离间计失败，但是宋辽休兵的协议已经达成。大辽南京留守萧思温欠了他一个承诺，那就是日后一旦要对付宋朝，大辽就有义务给予北汉军事方面的支持。李筠把自己的想法告诉了闾丘仲卿。这位杰出谋士听了李筠的分析后，当即表示赞同。于是，李筠与闾丘仲卿经过进一步讨论，形成了一定的共识。这次离间计失败的后果，并不像一开始想象的那样令人沮丧。这种想法，给他俩的内心带来了不少欣慰。是啊，至少潞州、北汉和大辽在共同对付宋王朝这一点上，达成了某种默契。李筠知道，这种默契，正是他日后所需要的。

鸿胪寺的官员宣读诏书后，李筠并未急着上马，他不紧不慢地走到赵匡胤跟前，微微低首，说道："感谢陛下送微臣回潞州。古话说，外出一里，不如屋里。金屋银屋，不如自家狗窝。咱们后会有期！"

赵匡胤心想："赵普说得很对啊！人与野兽，在天性上真是有些相似。"

于是，赵匡胤微微皱了一下眉头，对李筠说道："李将军，朕已经在周世宗画像面前发过誓言，为了开创太平，朕将不惜代价！"

说完，赵匡胤深深叹了口气。

李筠不知皇帝为何突然叹气，冷笑了一下，道："好！"说罢，他翻身上马，他的儿子李守节也跟着上马，阿琨凝视了一下赵匡胤，掀开大车的帘子，上了车。

大车帘子落下去后，赵匡胤的眼前仿佛依然还停留着阿琨美丽的面容，依然还闪烁着阿琨带着悲伤的眼眸。她已经是别人的女人了！我对她来说，只不过是路人啊！即便我在心底还爱着她，又有何意义呢？这离别的一刻，她在想什么呢？这次离别，下次相见又是何时呢？赵匡胤呆呆地想着。

马蹄哒哒，李筠一行徐徐离去。

赵匡胤默默不语，望着阿琨乘坐的大车渐渐消失在飞扬的黄尘中。

片刻，赵匡胤扭过头，带着怅然若失的神色，口气生硬地对一同来送别的几位大臣说道："回宫吧。午后朕接见南唐使者。"

六

韩敏信两只手臂撑在州桥那涂了红漆的木栏杆上，俯着上半身，眼睛盯着州桥下的水面，不时在水面上左看右看，仿佛要在水里搜寻什么。

桥下的那一片汴水泛着青色的波涛，在稍远处，滚滚波涛看起来是黄色的，黄色当中，也裹挟着一些绿色的波浪。因为是一个阴天的午后，照耀着河面的光线并不强烈，青色、黄色、绿色的波涛，轻柔地荡漾着，闪烁着银灰色的光。光，并不是很耀眼。

"他们都死了，就留下我了。如果那天王彦升把我也杀死，我就不会受到这样痛苦的煎熬了。原来，失去亲人的痛苦，竟然是这样的。为什么这种痛苦不会随着时间慢慢消失呢？为什么我在水里，在云里，在梦里还会看见他们的脸，他们的眼睛？为什么呢？父亲、母亲，你们可知道我遭受的折磨吗？也许有一天，我会忘了你们的样子，是否忘记了你们的样子，就不会痛苦了呢？我一定会为你们报仇的，我向你们发誓！我会杀死他们，赵匡胤、王彦升，我会将他们一个个除掉。不，仅仅杀了他们还不够，我要毁掉他们，慢慢地，慢慢地毁掉他们。我要毁掉这个王朝，一点一点地毁掉它。就像白蚁吃掉整根木头，整座房屋，一小口、一小口地吃掉它们，不露痕迹地吃掉它们，只有黑夜才听得到它们被毁掉的声音。它们会断裂，它们会崩坍，它们会彻底完蛋。他们必须为自己的杀戮付出代价。即便他们想用整条汴河的水来洗刷双手，也无法洗掉他们的罪恶。他们手上的鲜血，他们自己是擦不掉的，是洗不掉的。他们必须付出代价！"

韩敏信看着波动的河面，悲伤地想着。

这时，他发现远处河面上有一个漩涡。它疯狂而神秘地旋转着，绿色、青色、黄色、银灰色，仿佛调和了河流上所有的颜色；它不停地旋转着，仿佛想把整条河流的水都吸纳进去。于是，他便像发现一个新奇事物一样，定睛观察起来。他心里的悲伤愤怒在这短暂的时刻稍稍减轻了一些，仿佛它们被河面上的漩涡带到了深深的河底给冲走了。

陈骏走到韩敏信的身边，仿佛遇到一个老朋友一样，拍了拍他的肩膀。韩敏信扭头看了一眼，算是打了招呼，又扭过头，脑子里一片空白地盯着河面上那个似乎具有神奇力量的漩涡。

不知是什么原因，韩敏信的脑海之中，突然闪电一般闪过了《楞伽经》又称《入楞伽经》中的一段偈语。

譬如巨海浪，

斯由猛风起；

洪波鼓溟壑，

无有断绝时。

藏识海常住，

境界风所动；

种种诸识浪，

腾跃而转生。①

　　这段偈语，韩敏信曾经于多年之前在经书中读到。当年，只是出于年轻人的好奇去探索那深奥费解的经书。这几句，由于其美好的音韵节奏，使年轻的韩敏信颇为所动，便诵读多遍，记在心中。至于其中的哲理佛意，他却没有刻意去钻研。

　　可是，在这一时刻，为什么会突然想到这几句话呢？莫非是因为那河面的漩涡，将记忆卷入最为深邃的思想的幽冥之地？还是心中的痛苦与仇恨的大浪，卷走了记忆的浮尘，露出了埋藏最深的思想的宝藏？

　　韩敏信在心里再次默诵那突然浮现的佛家偈语，心想，人生真如同佛经所云，是一个无边无际的大海啊。可是，哪里知道，海面上会突然卷起滔天巨浪！这是因为那猛烈风暴的缘故。我的生活之海，不正是因为兵变的风暴而掀起了狂涛巨浪吗？大浪啊，你们就这样咆哮吧！你们就在我人生的沟壑中号叫吧！我的人生之海，再也不会风平浪静，再也不能澄澈清明了。什么是藏识海？什么是境界的大风？不要告诉我，我的仇恨就是所谓的"诸识浪"，不要骗我了！难道，仇恨是假的吗？难道，亲人的死是假的吗？佛经啊，我曾经因为你美好的诗文般的音韵而将你记在心底，可是，多么可笑，多么可笑啊！我怎能对亲人的死视而不见，我怎能让心里复仇的波涛平息！

　　一个被仇恨左右心灵的人，是不可能体会到佛语的深意的。韩敏信此刻尚不能超越内心仇恨的魔障，反而诅咒起佛经来。

――――――――――――――――――

①《佛教十三经》之《楞伽经》，赖永海主编，中华书局2013年，第43页至第44页。

卷
二

155

陈骏没有说话，挨着韩敏信站住了。他也微微俯着上半身，用两只手臂支着桥栏，眼睛也盯着桥下的水面。"这已经不是原来那个韩公子了，他的眼睛里充满了仇恨，还有迷茫。他看我的时候，是不是也这样想，我也不是原来那个陈骏了。不，我和他不一样。我又怎能体会他心中的痛苦呢？我是为了报他父亲的恩，报韩通的恩，可是他却失去了所有的亲人。他跟我不一样。他的计划，比我想象的还要疯狂。这样也好！我不是一个人孤独作战。但是，现在看来，他仿佛更喜欢单独行动。我得提醒他，不然，我们的复仇说不定会毁在他疯狂的计划中。可怜的人啊！"陈骏感觉到这些想法盘旋在自己的脑海里，察觉到了自己对韩敏信的怜悯，对自己有些不满。"好了，现在不是怜悯的时候。我也是个可怜可悲之人。我与他至少有一点相同，我们都是丧家之犬，是赵匡胤和王彦升毁了我们！"

这个时候，州桥上人来人往。在桥两侧的栏杆边，每隔一段距离，便有人像韩敏信和陈骏一样趴在栏杆上观望汴河。他们当中，有的人饶有兴趣地看着河流上来往的船只；有的人则无聊地盯着水面，不知道在思索着什么；有的三三两两聚在一起，对着河面指指点点，也许正在谈论他们生活中的各种琐事。在这熙熙攘攘的州桥之上，没有人会注意到在栏杆边的韩敏信和陈骏。

"计划还算顺利。我在钱阿三的店里已经站稳脚跟了。他们对我不错，还认我做了干儿子。"韩敏信说。

"看得出来。"

"蒸饼的生意也不错，有些新客人来买。这让我干爹很高兴，他说这是我带去的财气。"

"你接着打算怎么干？"

"我从干爹那里知道，有一些是宫里来的客人，有翰林御书院的，也有军械库的，还有早晨去待漏院的官员，可惜我还都没有搭上话。"

"你的法子行得通吗？"

"现在还不知道。我想通过为待漏院备餐从厨房进入宫里，因为干爹家做蒸饼，只有通过这个途径让人推荐混入宫里才不会被怀疑。"

"公子，有一件事我不知该不该说。"

"但说无妨。"

"如果你混入宫里，即便事成，追查起来，恐怕会连累钱阿三夫妇。你考虑过这事吗？"

陈骏这个问题让韩敏信一愣。这些天，他一方面为自己的计划进展顺利而感到暗暗兴奋，但同时也发觉一种不安隐隐在心底发芽。有一天，他的确想到了陈骏问他的这个问题。当时，他并没有太在意从心底某个角落突然冒出的这个问题。他要为父报仇，要为全家所有被无辜杀害的人报仇，这个目标一直激励着他一步一步推进自己的计划。他顺利地让钱阿三收留了自己，顺利地学会了做蒸饼夹燠肉，顺利地认识了几个宫里来买蒸饼的客人，他像是一条冷静的毒蛇正在黑暗中慢慢接近自己的复仇目标，而他的目标对此还一无所知，每当他想到这点，就感到兴奋不已。但是，自从那个可能连累钱阿三夫妇的想法从心底冒出来之后，他不得不花很大的力气来说服自己："不能被这种无谓的怜悯阻碍了计划！计划必须推进。我要复仇！谁也不能挡住我！"他用这样的办法来压制心底逐渐滋生出来的对钱阿三夫妇的怜悯与歉疚。如今，陈骏突然提出这个问题，让他大大吃了一惊。因为，这个问题现在以一种有声语言第一次出现在自己的耳边，如同惊雷一般响起，简直震得他肝胆战栗。

韩敏信死死盯着水面上的那个漩涡，冷静了好一阵子。

"他们什么也不知道。他们会没事的！"韩敏信冷冷地说道。

"好吧，既然如此，公子就尽量小心行事。"

"你那边怎样？"

"我这边找不到机会，这些天，他很少出来，出来的几次，都是去巡查汴河疏通工程，身边都带着侍卫。"

"今日约你出来，其实是想与你说我的一个想法。"

"哦？"

"既然你暂时找不到机会，我想拜托你去趟西京。"

"西京？"

"是的，去找符皇后，想办法说动她给她父亲符彦卿将军写信，还要让她给之前与我爹关系好的其他几个节度使写信。现在，她的处境一定不怎么好！她一定暗中希望柴家能够重新统治天下。你去试试，如果成功，贼子就一定会为无耻的兵变付出代价！"

"如果她不答应，出卖了我们呢？"

"不，她会答应的。如果条件成熟，她没有不答应的理由。"韩敏信内心的信念支撑着他以一种极其自信的口吻说道。

"好，既然如此，我愿一试。"

"好！"韩敏信干脆利落地答道。他说这话的时候，望着远方，看到远处的河面上，一群灰色的飞鸟，如同风中的落叶一样，飞向远方。

韩敏信回到钱阿三店里的时候，夜幕已经降临了。

钱阿三夫妇已经为晚上的小吃买卖忙活起来了。他们的生活，并不复杂。一早起来忙早点，早点卖完后，他们便开始收拾各种什物，将没有用完的燠肉——通常都不会剩下几片——收到碗里，清洗烧肉的锅，清洗揉面团的大瓷盆，刷干净案板。中午，他们并不做生意，因为中午卖小吃在这条街上没有什么顾客，而如果卖酒菜，他们又根本无法与附近的酒家、酒楼竞争。实际上，为了做晚上的各种面点小吃，他们已经有很多准备工作要做，几乎只在午后稍微休息一下，就开始准备各种食材了。他们三百六十天如一日地重复着同样的程序，在这看起来一成不变的整个流程中，穿插着鸡零狗碎的日常交谈，交谈的主题从来没有什么大的变化。直到近来，自他们的干儿子来了之后，他们彼此之间才有了一些新的话题。他们总想从这个干儿子口中知道更多的事情，他的身世、他的父母、他小时候的生活等等。他们总是找一切机会想要知道更多，这种迫切探求的欲望，一方面，是出于小市民的好奇，另一方面，是因为他们渐渐从心底喜欢上了这个干儿子。所以，关于这个干儿子的一切，都成了他们从心底迫切想要知道的东西。可是，他们感到这个干儿子有些沉默，每当问起他的身世时，他就变得更加沉默了，他那张清俊的脸庞似乎弥漫着一种冷峻的悲哀。这一点让这对好心肠但喜欢唠叨的夫妇既感到担心，又感到困惑。他们想要知道这个干儿子的想法，想要知道他的感觉，可是，为什么他什么都不愿意说呢？

这天傍晚，当韩敏信回到店里的时候，他没有意识到自己的神色有些奇怪，他阴沉着脸，在阴郁的脸色中，还流露出一种若有所思的意味。钱阿三夫妇一看到他的脸色，便又开始担心了。

"阿言，怎么了？"钱阿三首先问道。

"阿言，遇到什么事情了吗？"老太婆问道。

"不，没什么。"

"那怎么耷拉着脑袋阴沉着脸呢？"

"是啊，有啥事情就跟干娘说啊！"

"不，真的没事！"韩敏信露出一副不耐烦的样子。这对好心的老夫妇的关心，让他感到无比烦躁。

"哼，干娘一看你，就知道你心里有事！"

"我说阿言，过去的事情就让它们过去吧。"钱阿三说道。

"干爹、干娘，你们就别问了，我真的没啥事。"说这句话的时候，韩敏信感到自己口气生硬。这样对待关心自己的人，岂不是太冷酷了？他不禁有些自责，又有些心酸。

如今，在他那颗已经变得越来越冷酷的心里，突然感受到一种新的痛苦——这种痛苦的真正来源，不是他自身，而是关心他的人、爱他的人。"你们为什么要这么关心我？你们为什么要用心爱着我？你们知不知道，我一直在欺骗你们！我一直在利用你们！我怎么可能将秘密告诉你们呢！别着急，总有一天，你们会发现我是在欺骗你们。那时，你们会恨我，恨不得杀了我。我现在不会告诉你们，以后我也不会告诉你们。你们最好永远不要知道我在想什么，最好永远不要知道我会做什么！就像白天不知道黑夜，就像太阳不知道月亮，就像大海不知道沙漠！这样，你们也许就不会受到伤害；这样，你们也许还会以为我也像你们爱我一样爱着你们！好了，别再问了！别再问了！我不知道！"他在心里这样想着，脸上却依然还是那种奇怪阴郁的神色。

当他明显意识到自己的神色不对时，便刻意地笑了笑，想要给两个可怜的老人一点安慰。他发现，每当他露出神奇的微笑时——哪怕他觉得有些虚假——两个可怜的老人便也会露出微笑。于是，关心的追问、奇怪的质问就很快被遗忘在一边，他与他们又很快进入那种三百六十天如一日的单调流程中。

于是，生活便似乎风平浪静地继续了下去。

七

赵匡胤没有对南唐使者送来的贺礼表示出太多的兴趣。当南唐使者察觉到这个新登上皇位的大宋皇帝对自己带来的贺礼不感兴趣的时候，他感到有些尴尬，有些屈辱，有些惊慌。尽管在出使之前，他就已经预料到可能会遇到这样的情况，但是当这样的情况确实出现时，他依然感到自己并没有做好充分的思想准备。

赵匡胤登基后曾经立即给南唐国主赐诏书，将接受天意受禅的意思加以传达。而后，赵匡胤为了安抚南唐，又特意释放了后周显德年间的降将周成等三十四人复归于南唐。三月初的时候，南唐国主李璟曾特意派出使节来祝贺赵匡胤荣登大宝。这次，距离之前派出使节没隔多久，李璟以祝贺大宋长春节为名再次派出使节，实在有刺探宋朝开国新君赵匡胤之意。因此，南唐使者见到宋朝开国新君之后，由于心怀鬼胎，心里自然忐忑不安起来。

其实，南唐尽管近年来国力衰退，但是与刚刚立国的宋相比，也不算小国。南唐历史上正式的国号叫"大唐"，该国号启用于齐升元三年二月。

那一年，在初春的寒意中，做了一年大齐国皇帝的徐知诰应众多大臣的恳请，热热闹闹地举行了仪式，改回李姓，并改名为"昪"。

徐知诰不是李昪的本名，他出生于海州，六岁的时候，一场战争使他失去了双亲，从此流离失所。八岁的时候，他流落到了濠州，被吴太祖杨行密所掳。也许，年幼的他一直记得自己的本姓，也许，战争的创伤撕裂了他童年的记忆，使他忘记了过去的一切。但是无论如何，从被掳那天开始，他再没有提起过自己原来的名字。寄人篱下的他，既桀骜不驯，又坚毅隐忍。杨行密受不了这个孩子的脾气，终于将他送给了帐下的亲信徐温。于是，徐温给他取了个名字叫徐知诰。

吴太祖病卒后，任职右牙指挥使的徐温支持太祖长子杨渥继承吴王之位。吴国天祐六年三月，作为徐温养子的徐知诰被提升为升州防遏使兼楼船军使，负责督领水军。次年，徐知诰仰仗养父的势力，又被晋升为升州副使。过了没多久，徐温与左牙指挥使张颢密谋，杀死杨渥，立其弟杨隆演。心狠手辣的徐温随后便除掉了张颢，完全掌握了吴国的军政大权。吴国天祐八年三月，徐知诰与柴再用一起帮助徐温杀害了企图反对他的宣州观察使李遇。徐知诰于是被晋升为升州刺史。但是，从这时开始，他的养父徐温开始对徐知诰不断上升的势力产生了疑惧。在吴国皇帝面前，徐温开始将自己的亲生长子徐知训推到了显要的辅政地位。可是，徐知训缺乏政治家的谋略，为人骄横，专权跋扈，肆意欺凌柔弱的吴王，对诸将也是颐指气使，终于被大将朱瑾设巧计于酒宴上击杀。大将朱瑾与吴王杨隆演母亲同姓，杨隆演尊他为"阿舅"。这位勇气可嘉智谋稍逊的"阿舅"用刀砍下了徐知训的首级，直驱吴王府，将徐知训血淋淋的首级提到了杨隆演面前。吴王杨隆演心中畏惧徐温的势力，顿时大惊失色，说道："此事阿舅自为，勿累于我。"说完便以衣掩面，匆匆退入内室。朱瑾顿时气得目眦欲裂，将徐知训首级于殿柱上狂击一通，直至稀烂方觉泄恨。等他想到要尽快退出吴王府时，却发现王府大门已经被徐知训的亲兵围困。他无可奈何，欲翻墙逃出吴王府。江南天气多雨，当时，碰巧天上乌云密布，暴雨如注。他冒着暴雨翻上墙头，但大雨中琉璃瓦光滑异常，脚下一滑，跌落高墙之外，脚踝当即断裂。终于，他被徐知训的亲兵团团围住。见大势已去，他愤然大呼："我为万人除害，而一身死之！"呼罢，仰面迎着暴雨，拔剑自刎而亡。徐知训被杀后，徐温势力大受打击，只好让吴王提拔徐知诰来巩固自己的势力。徐知诰于是很快取代了徐知训空出的辅政地位。徐温死后，徐知诰终于得以独揽吴国军政。吴国天祚三年，徐知诰"受禅"建立齐国，国号大齐，改吴天祚三年为升元元年。徐知诰"受禅"后，退位的吴睿帝杨溥被加了一个"高尚思玄弘古让皇帝"的尊号。徐知诰将这个可怜的失位旧帝幽禁于润州丹阳宫。在一个细雨霏霏的清晨，睿帝被自广陵迁往润州。途中，睿帝看到烟雨中的江山如画，自己却即将身陷囹圄，生死难料，不禁感慨万千，作诗云[①]：

> 江南江北旧家乡，
> 三十年来梦一场，
> 吴苑宫闱今冷落，
> 广陵台榭已荒凉。
> 云笼远岫愁千片，

卷
二

---

① 见《江表志》，墨海金壶本卷上。此诗文献中多认为是南唐后主李煜所作。弓英德考证为吴睿帝所作，见《李后主亡国诗词辨证》。

雨滴孤舟泪万行，

兄弟四人三百口，

不堪回首细思量。

次年，这个可怜的睿帝杨溥在润州丹阳宫被杀，年三十八。

两年后，徐知诰改姓李，改名为昪，编制世系表，自称是唐室后裔，改国号"大唐"。这个"昪"字，意思是光明、欢乐。也许，多年的养子经历，多年残酷的政治斗争，隐忍的徐知诰一直生活在阴影中，所以，他希望用这个"昪"字，给自己与王国的未来带来光明与欢乐。李昪于升元元年至升元七年在位，这期间，李昪内谋其家，外谋其国，殚精竭虑振兴南唐。李璟继位后，南唐内部发生了政治集团的争斗，从北方迁至南唐的侨寓人士与土著人士互相倾轧，政治出现混乱。后周见南唐衰落，发兵伐淮南。尹廷范受命将幽禁于泰州永宁宫的吴国杨氏宗族迁往江南。途中，尹廷范将男子全部杀死，吴国杨氏遂绝。与后周的淮南一战后，南唐国力大衰，已非李昪时期可比。

此次，南唐使者就是在国力衰退的背景之下出使大宋的。他在崇元殿被大宋皇帝赵匡胤接待。

这座大殿，在南唐使者看来，算不上非常富丽堂皇，只不过看上去比南唐的皇宫稍微大了一些而已。当南唐使者献上国主李璟的上表时，他看到宋朝皇帝坐在龙椅上，显得非常严肃，用一种老虎盯着猎物的眼光盯着他，这就更增加了他心中的恐惧。一个柔弱胆小的人，或者一只山羊，或者一只寻常的野兽，被一只猛虎盯着的时候，不可能毫无知觉。

南唐的贺礼其实并没有摆到崇元殿内来，因为礼物并不少，实际上，应该说很多才对。南唐使者这次带来的贺礼，包括两万匹上好的绢，另外还有一万两银。两万匹绢装了好几马车，一万两银整整装了五个大箱子。南唐使者在崇元殿上献到皇帝手中的，是贺礼的一份清单。

在礼貌地让人收纳了礼物之后，赵匡胤决定借这个机会摸一摸南唐的底细。

"听说你们开始营建新都了？"

"是，是。"

"新的都城建在哪里呢？"赵匡胤问道，其实他是明知故问。

"建在洪州，命名为南都南昌府。"

"哦？可是人人都赞成迁都？"

"哪里，其实许多大臣都反对离开金陵。"

"哦！是啊，金陵是个好地方！"

"是，不过，最后还是迁都了。"

"哦，这么说来，是李国主执意要迁都咯，李国主是不喜与我大宋做邻居啊！"

"不，不，陛下明鉴！我江南小国营建南都，实为遵上国的旨意！"南唐使者听到大宋皇帝语气中有指责南唐迁都之意，脸色顿时变得灰白，慌忙辩解起来。

"此话怎讲？"

"这个——这个——"南唐使者支支吾吾，犹疑不语。

"但说无妨。"

"陛下可记得去年六月我江南使者钟谟出使上国之事？"

"当时是周世宗在位吧！"

"是，是——"

"继续说！"

"当时周世宗问钟谟大人，江南是否还在治兵，守备修了吗？"

"钟谟大人说，我江南既然已经臣事大国，不敢再治兵修防！"

"这个朕知道！"

"是，是。可是后来，当钟谟回去后，周世宗暗中派使者与敝国国主说，虽然大周已经与江南成为一家了，大义是定下了，但是，建设城郭，治理兵马，是为了子孙后世。既然上国有此旨意，我江南小国哪敢有违啊！"

"哦？那与迁都有什么关系？"赵匡胤听了，微微皱起眉头，追问道。

"敝国旧都金陵紧邻上国，如修兵备，岂不是冒犯了上国。可是，敝国也不敢违背了上国的旨意，只能营建南都啦！"南唐使者在回答这个棘手问题的时候，神情却比刚开始的时候要镇定多了。他在回答问题的同时，甚至还拿眼睛偷偷地瞟了瞟赵匡胤。

赵匡胤问这个问题，也是明知故问。他的目的，就是要看看南唐使者究竟会如何回答。南唐营建新都南昌府，目的很明显，就是为了防备可能来自北方的进攻。

至于周世宗给南唐国主李璟的传话，赵匡胤其实之前也有所耳闻。今日在大殿之上听到南唐使者亲口说出，他并不感到吃惊。

此时，赵匡胤看到南唐使者眼神有些飘忽，又听他应对流利，知道他的回答，必然是在出使之前就已经考虑好的。

"看来，南唐确实在提防着我国，也做了抵抗的准备。可奇怪的是，先帝怎么会在去世之前提醒南唐修缮甲兵修建城郭呢？先帝的志向是一统天下，难道他真以为南唐已经永远臣服了大周，还是——还是他担心自己百年之后，天下局面会大变，自己的幼儿无法掌握局面？如果是这样，先帝在逝世之前对李璟的警告，不仅仅是出于怜悯，更可能是以此换来李璟对柴宗训的支持。如今，我因陈桥兵变得天下，因柴宗训禅让而得登大宝，岂不是早已经被先帝料到了。如果李璟与先帝之间还有什么暗中约定，如果李璟与柴宗训还有什么暗中约定，那一定是对我朝的威胁啊！不，不可能是柴宗训！他还太小。符皇后！或者是——"赵匡胤心里一瞬间涌出了很多想法。

南唐使者见皇帝似乎陷入了沉思，一时之间也不敢多语。

"对了，钟谟大人近来可好？朕去年年底听到消息，说是你国主将他流放到了饶州？"赵匡胤此时想起那日晚上看到的周世宗与李璟之间往来的表与书，不知为何，突然想问问钟谟的下落。

南唐使者听了，蓦然脸色大变，支支吾吾，一时之间说不出话来。

"怎么？"

"这，这——"

"但说无妨。"

"钟谟不久前已经被我主赐死于饶州了。"南唐使者说话间，额头已然冒出了颗颗汗珠。

"为何赐死？"

"我国主质问钟谟，说他与孙晟大人同使上国，为何孙大人死了，他却活着回去。钟谟大人回答不上来，便被国主赐死了。"

赵匡胤闻言，心中不禁暗叹南唐几位使者的悲惨命运，黯然无语。

沉默片刻后，赵匡胤温言道："你回去禀报你们国主，就说大宋乃继大周而立，周世宗遗志，朕自当秉承。不过，经过五代杀伐，如今天下思定，我大宋不欲天下再现兵戈。就请你们国主安心为好！"

赵匡胤说完，沉吟片刻，又用这样温和之语叮嘱南唐使者务必表达大宋南唐休动兵戈之意。

南唐使者听了这话，顿时面露喜色。他庆幸自己的出使基本得到完满的结果，知道自己至少不会像之前的几位使者那样被软禁在异国了。

赵匡胤很清楚，李璟绝不会主动出击——营建南都说明他已经没有北进的雄心了。赵匡胤也很清楚，李璟决不会听了自己的话而放弃战备，但是自己温和的答复，至少有可能在短期内消除李璟的戒心，这样一来，自己这个新立的王朝就可能赢得时间。

赵匡胤决定在明德楼上安排宴饮，他的目的是想借机让南唐使者看看京都的繁华。他先让南唐使者回驿馆歇息，说好晚上派人请他登楼宴饮。

他还有一个打算，就是要让何继筠在棣州俘虏的契丹军士也来看看东京的繁华，让他们震慑于大宋的国威，然后再把他们放回去。

南唐使者退下后，赵匡胤便在崇元殿内亲自安排起晚上宴饮的事宜。这不是一次普通的宴饮，也许关系到新的王朝能否生存下去。如果这次宴请能够彰显国力，显示新王朝京城的安定与繁华，南唐在短期内就不敢轻举妄动。当他把这个意思向大臣们说明时，连智多星赵普也不禁暗中对赵匡胤的这个主意表示钦佩。

新皇帝赵匡胤下诏从当日的黄昏酉时起，赐酺三日，与民同乐，以此来祝福新王朝升平繁盛，也为欢迎南唐使者。此次宴饮按照特旨来办，不遵循常制。所谓赐酺，就是允许官吏、民间百姓聚集饮酒。因为自秦朝以来，法令规定三人以上聚集饮酒就要受罚。比如，在汉代如果三人聚集饮酒，就要罚金四两。

赵匡胤还安排殿中省负责宴饮所需的食物菜肴的准备工作，

又特意吩咐有关官员立刻安排人手制作了山车、旱船，用于夜晚上灯后在御街上往来表演。此外，明德楼上的布置规格、明德楼下的诸军乐人等等，赵匡胤都一一亲自做了安排。

八

　　明德楼建在京城汴京内城的中心，在它的北面，经天街可以直达皇宫的正门丹凤门。这个丹凤门，就是后来著名的宣德门。在明德楼的南面，是宽阔的御街。站在楼顶可以看到龙津桥跨过蔡河，使御街得以直通南端的南薰门。明德楼建在高大的城楼之上，城门的入门都做侧脚，城门开圭角形门洞，圭角及木板大厚门都涂大红色漆，非常坚固且壮丽。明德楼的建筑结构是二重斗拱承平座，两层都装着粗大的木栏杆，木栏杆都漆成朱红色，显得尤为华贵庄重。明德楼的楼顶有四个坡面，都覆盖了筒瓦，四条戗脊稍稍弯曲，将四个角儿骄傲地翘向天空。在这个宏伟壮丽的城楼上，可以眺望大半个汴京城的风光。

　　当晚，南唐使者是在官员的导引陪同下，从明德楼北门的东侧梯道登上城楼的。为了在南唐使者面前展示国都的繁华，新皇帝赵匡胤特意让赵普及陪同官员先带着南唐使者站到城楼垛口看看京城。三十几个契丹战俘也被金吾卫们押上了明德楼的一角，以一种奇特的身份参加了这次盛典。

　　当南唐使者登上明德楼站在城楼垛口的时候，他完全被眼前的繁华景象震惊了。

这个时候，夜色已经降临，城楼上挂满了灯笼。有些彩灯是元宵节灯会时留下的，今日新皇帝赵匡胤命人从库房中取出许多，挂满了明德楼的上上下下。这些灯笼，在黑色的夜幕中发散出令人迷幻的光芒。南唐使者向城楼下望去，只见南面城楼的城楼脚处，排列着数列衣甲鲜明的龙卫军。在龙卫军的南面，是几列拿着各色乐器的乐人。乐队南面的御街上，街道两边也挂满了灯笼，灯笼的光芒下，是各色的店铺。由于新皇帝特旨取消了三日夜禁，因此这天晚上御街上的士人百姓非常多。整条御街可谓人头攒动，热闹非凡。

南唐使者正看得目瞪口呆之时，忽闻楼下乐队一起奏响乐器。一时之间，乐声大作，城楼附近，御街之上的士人百姓也沸腾起来。乐队转眼被前来观赏游览的人群包围，说笑声、喧哗声、喝彩声，如同潮水般从城楼下涌了上来。

正在南唐使者惊讶之时，忽然城楼一角发出"嗖"的一声，声音尖锐，刺破夜空。南唐使者往那边望去，只见一支发出刺眼红光的火箭破空飞起；正惊诧间，南面数里之外的夜空中又蹿起一道红色的光芒；紧接着，第三道红色的光芒在南面更远处的夜空中出现了。当第三道光芒在夜空中隐没的那一刻，远方突然传来震动天地的战鼓之声和隆隆的击盾之声。刹那间，明德楼下的音乐停止了，士人百姓也仿佛约同好了，一下子寂然无声。

难道有大军突然兵临城下了？！

南唐使者吓得呆若木鸡。

明德楼角上的三十几个契丹战俘也被震天动地的战鼓声所震慑。这战鼓，这击盾之声，少说有十万雄师！

正当南唐使者惊惧之时，赵普在他身旁笑道："那是我大宋十万禁军于南薰门外演习，为今日盛宴助兴！大使觉得如何？"

说罢，赵普手一挥，只见明德楼一角飞起一道绿色光芒，紧接着，远处又飞起一道绿色光芒。当第三道绿色光芒在外城墙上方的夜空升起又隐没后，南薰门外的战鼓声、击盾声便倏然停止了。

南唐使者被大宋军威震慑了！

三十几名契丹战俘也被大宋军威震慑了！

更让他们吃惊的是，宋军的行动与号令的配合竟然如此天衣无缝，而城中的百姓，竟然在这种震天动地的战鼓中没有丝毫慌乱。显然，这一切绝非偶然，这都是事先安排好的。但这种强大的操控力，才是真正可怕的啊！

原来，赵匡胤早就想好，仅仅靠展示繁华，是无法震慑强敌的，繁华的背后，还要靠强大的武功来支撑。仅仅有这样的表象还不够，还要在强敌面前展示有令必行的掌控力，方能令强敌真正畏惧。所以，在盛会举行之前，他已经安排人手，一层层将南薰门外禁军演习的消息传达给了所有参加盛会的人员。不仅如此，还通过有司，将演习的安排告知了内城外城新旧各坊的百姓。正是因为这种严密的安排，才既震慑了敌人，又使全京城的百姓在战鼓响起时没有惊慌失措。

在这令南唐使者和契丹战俘大为震慑的演习过后，城楼上"咚"的一声鼓响，一个声音喝道："宴饮开始，百官入席！"

南唐使者听得鼓声与喝声，慌忙从垛口边转过身来对着阁楼，只见城上的阁楼内已经灯火通明。

"使者大人，请入席吧！"陪同南唐使者的赵普微笑着说。

"好！好！"南唐使者回过神来，在赵普与其他陪同官员的带领下，从南门步入阁楼内。

南唐使者再次被眼前所见震惊了。

由于本次宴饮是皇帝特旨在明德楼举行，也不拘常规，所以尽管明德楼阁楼不如大庆殿宽大，但是参加宴饮的官员与所用的食材却未减少，阁楼内的布置也参照大型盛宴来安排。

南唐使者一进入明德楼阁楼内，立刻就看到了已经布置好的山楼排场，这些排场做成群仙对仗、六蕃进贡、九龙五凤的形状，它们的旁边，是司天鸡唱楼①。明德楼的四周，则挂满了织工精致的锦绣帷帐，梁木下面也垂挂着精美的香球。明德楼北面本来是开正门处，但是今晚为了在阁楼内举办宴饮，已经关上了门板，而且特意用华丽的锦绣帷帐挂在整面北墙与关闭起来的木门上。

赵匡胤自己其实并不喜欢华丽精致的锦绣帷帐，但是他心里很清楚，宋王朝刚刚建立，南唐使者这次来定然还抱着刺探大宋国力的目的。过于简朴寒酸，在这个弱肉强食的世界上，很容易被人轻慢，并更可能成为宰割和攻击的对象。现在，他对刚刚建立的大宋王朝还有很多担心。如今的朝廷，还没有足够的军粮储备，国内人心还未稳定，节度使们正在四处虎视眈眈地盯着中央，如果这个时候新王朝被南唐趁机攻击，很可能引发一系列动乱。

所以，在这个晚上，他违背个人性情，特意让有司将明德楼布置得格外富丽堂皇。他准备学习古人，将这次宴饮当成省察祸福和观察威仪的机会，同时也要将这次宴饮当成显示国威的工具。所以，在这个晚上，在他的旨意下，大宋王朝所有重要官员都被要求参加这次为招待南唐使者而安排的特殊宴饮，包括宰相、使相、枢密使、知枢密院、参知政事、枢密副使、同知枢密院、宣

① "天鸡"是我国古代对太阳崇拜观念的反映。鸡日出而鸣，我国古人将鸡神化为"天鸡"，因认为其主司日出，因此也叫"司天鸡"。司天鸡唱楼就是天鸡报晓的彩楼。

徽使、三师、三公、仆射、尚书丞郎、学士、直学士、御史大夫、中丞、给事中、谏议大夫、舍人、待制、宗室等；正好在京的节度使、两使留后、观察、团练使、遥郡团练使、刺史、上将军、统军、军厢指挥使等将官也被要求参加该次宴饮。

新皇帝赵匡胤宴饮坐的御茶床、御膳案就摆置在阁楼的北面。御案上，有司早已经摆上了一套精美的金银酒注子、金银盘盏与各色菜肴。金银酒注子、金银盘盏在烛光与灯笼光的照耀下，散发着闪亮亮的光芒。阁楼的中间，是一片空地，歌舞表演将在这里举行。阁楼的东西两面，由内往外，摆着一排排座位。

南唐使者看到靠近场地中间空地的第一排东首的座位、西首的几个座位的案子前放置的是绣墩，便猜想这几个座位定是宰相与使相的坐席；他再往两边看去，见往外几排的案子前，好像是用两个蒲团垒在一起，然后上面再铺上一块精美毛毯做成的座位，估计这些座位是参知政事以下的官员坐的；再往外，仿佛是用一个蒲团搭上一块毛毯做成的座位，想来便是给再低一级的官员坐的。每个座位前的食案上，都摆着金酒器或银酒器，以及一些菜肴。

这时，一些侍立的人员已经进入了明德楼阁楼内。南唐使者望着一大片座位，脚下有些踟蹰，不知该往何处走。正当他琢磨着自己的座位在哪里时，陪同的一位官员说了声："贵使稍候，且等宰相先带百官入座。"

陪同的那位官员话音刚落，在宣徽使、阁门使的一同宣唱声中，南唐使者见一老臣带着一众官员从明德楼阁楼的东边大门鱼贯而入。南唐使者识得走在最前面的那个老臣是宰相范质，他的后面依次是王溥、魏仁浦、赵普等大臣——晕头转向的南唐使者真不知道赵普于何时离开了自己的身边；再往后面的大臣，他就不识得了。他又看到，几乎是同时，另有一人带着一众官员从明德楼阁楼的西边大门进入，他识得带头的是皇弟赵光义。新王朝的将相们在响亮的声乐中，很快各自坐下。

令南唐使者感到惊奇的是，上百位文臣武将在落座的时候竟然井然有序，丝毫没有喧哗与混乱。他不知道，就在他回驿站休息后，新皇帝赵匡胤亲自吩咐御史台，预先确定了每个参加宴饮官员的座位次序，并且已经在日落前演练了一次入席；不止于此，为了在南唐使者面前凸显大宋王朝的庄严气象，赵匡胤特意下旨，所有参加今晚宴饮的官员的仪态举止都要保持端正严肃，不得胡乱喧哗，不得逾越位次，宴饮之中不得随意拜起有违礼规。他还委托大夫、中丞、知杂御史、侍御史、左右巡使等官员仔细察看，宴饮后可以对违规者弹劾上奏。如此一来，参加宴饮的百官皆对这次宴饮充分重视，丝毫不敢懈怠。这进场入座，自然也是井然有序分毫不乱。

在百官落座后，陪同官员带着南唐使者来到东边第一排。南唐使者有些受宠若惊地在绣墩上坐了下来。他的正对面，是大宋王朝的三个宰相范质、王溥和魏仁浦。

南唐使者入座后，又听一声鼓响，阁楼外有宣徽使唱道："皇上驾到！"阁楼内的百官闻声顿时起身肃立，南唐使者也慌忙起身行礼。

宣徽使话音刚落，大宋王朝皇帝赵匡胤便大步迈入了阁楼内，径直往北面御茶床上走去。

赵匡胤在御茶床上坐下时，回想起兵变之时曾登上明德楼。当时就是在这里，他传令京城的兵士暂时卸甲归营。那真是一步险棋！那步棋，显然是走对了。京城在兵变之后没有发生大的动荡，就是这步险棋的效果。赵匡胤回想兵变之日的情景，心中波澜起伏，感慨万千。但是，他并未让心中的感慨之情流露出来，他表情平淡地坐在临时设置在明德楼的御茶床之上，扫视了一下南唐使者和百官，平静而温和地说："诸位爱卿，请坐！"

百官坐下后，宰相范质按照宴饮礼仪率先起身向皇帝敬酒。当皇帝赵匡胤举起酒杯时，百官"唰"的一声，齐齐立起身高举起酒杯，于是宴饮正式开始了。

新皇帝赵匡胤敬过百官一次酒后，马上将注意力集中到南唐使者身上。

"今晚明德楼前的风物如何？"赵匡胤笑眯眯地问。

"上国昌盛之象，普天之下，无有匹敌！"南唐使者慌慌忙忙地站立起来答话，他早已经被庄严盛大的排场所震慑，连夸赞的话语也不敢多说，唯恐说错了话惹麻烦。实际上，在他出使之前，南唐国主李璟特意交代过，要他仔细观察大宋京城的状况，看看大宋京城内百姓是否正常生活，粮食物品是否充足，朝廷的官员是否遵守礼规，皇帝赵匡胤在百官面前是否有威仪。在这个晚上，他一下都看到了，他看到了一个市不易肆的京城，看到了一个商品充足的京城，看到了人才济济礼仪严整的大宋朝廷，看到了在百官面前英武威严的大宋皇帝。在看到了这些之后，他哪里还敢多言，说多了，不仅可能使自己的国家丢脸，而且可能引起大宋朝廷对自己国家更多的猜忌。

"呵呵，坐下说话，坐下说话！"赵匡胤举起一只手臂，示意南唐使者坐下。他从南唐使者的眼中已经看出，今晚宴饮的目的一定可以达到了。他想向南唐传达的信息，不久之后，便会通过这个使者的口，传达给李璟。而且，赵匡胤还相信，这个南唐使者，会将今晚所见所闻告诉许多人。

"李璟啊李璟，如果你以为兵变之后我大宋京城人心惶惶、商业凋敝，那你就想错了！看吧，看吧，让你的使者好好看看，好好听听！你们休想在这个时候打我大宋的主意！想要趁火打劫吗？哼哼，你们想也别想！"赵匡胤心里得意地想着。

当晚的宴饮一直进行到次日的五更三点。

当东方露出玫瑰色朝霞的时候，新皇帝让宣徽使宣布宴饮结束，并下旨休朝一日。于是，百官各自告退。

喝得醉醺醺的南唐使者由侍者扶着下了明德楼，摇摇晃晃地上了牛车，自回驿站歇息去了。

经过这次宴饮，赵匡胤清楚地知道，在一段时间内，南唐不会威胁大宋了。但是，他也知道，有一些变化可能会影响到南唐对大宋王朝的态度。

"所以，现在另一个地方就显得很关键了。这个地方，就是淮南，它原来属于南唐，被后周吞并，现在名义上已经归属大宋。可是，如果淮南与李璟之间有什么秘密约定，那么情况就变得复杂了。如果李筠在西北起兵，淮南与南唐同时在东南起兵，我大宋就会腹背受敌，契丹、北汉这些势力就会变得像豺狼一样凶狠，它们会从四面八方来撕咬我大宋，就仿佛我大宋是一只待宰杀的羔羊，它们会撕咬羊的背，咬断羊的脖子，咬断羊的脚，撕碎羊的肚子。我绝不能让这种局面出现。淮南！淮南！我必须亲自去探探底细。"

在打发了南唐使者之后，赵匡胤作出了这样一个决定。

大宋王朝！我大宋虽大，周边却是强敌林立！北边是强大的辽国，还有国土不大却不好对付的北汉；西边有吐蕃、党项；西南有后蜀；南面有南唐，东南有吴越，再往南有南汉等大大小小的割据政权。即便是在大宋自身的疆土之内，也是悍将割据，危机四伏！赵匡胤如今比从前想得更多。从前，他只不过是一个军人，顶多也不过是一军之统帅，只要唯世宗马首是瞻便是。可如今，他知道自己必须学会超越一个军人、一个军队统帅的视角来考虑天下的问题，必须用更多的心思来考虑战斗之外的事情。

在他的脑海里，一遍又一遍地勾画着大宋的疆土。是的，在北边，灵州、盐州、隰州、辽州、镇州几个州镇构成了对定难军和北汉的防线，定州、易州、雄州、霸州是宋辽争夺的焦点地带，绝对不能掉以轻心。胜州、府州与本土被定难军、北汉隔断，成了块飞地。可恶的北汉！像个楔子，扎入了我大宋的脊背。之前，每当想到北汉，赵匡胤就有一种如芒在背的感觉，如今，这根芒刺仿佛变大变硬，成了一根巨大的楔子。在西边，大宋的疆土延展到灵州、渭州、秦州、阶州一线，也潜伏着巨大的危机。在西南面，大宋的疆土延伸到凤州、金州、房州这几个州府构成的链条的南面一带。在南面，大宋与南唐、吴越据长江而分割南北。要统一天下，谈何容易啊！

赵匡胤在心中反复提醒自己，谋求天下统一，路还远着呢。

"现在重点要对付的是潞州，但是为了消除潞州的威胁，必须暂时稳住南唐。当然，要稳住南唐，要破除潞州与淮南首尾联合，就必须消除淮南节度使李重进的威胁！"

九

当赵匡胤在这样的想法的推动下而决定暗访淮南时，远在西北的上党城内，闾丘仲卿正轻轻地在围棋盘上落下一枚白子。

棋子是陶瓷烧制成的，与唐代两面凸起的棋子不同，它一面平，一面凸起。所以，当闾丘仲卿把那颗白子轻轻落在棋盘上时，发出了"笃"的一声轻响，其间夹杂着些许金石之音。他的对手，是他的主公——执黑子先行的昭义节度使李筠。

围棋盘的一角上，黑子三，白子一，但占着星位，黑子对白子暂时形成半包围之势，白子只有两口气了。但是，闾丘仲卿刚刚落下的那枚白子，却似乎要对角落上的那枚白子弃之不顾了。那枚白子，落在了离星位白子很远的地方——与中部天元隔着一个交叉点的那个点上。

李筠定睛看了看那棋盘，只见天元、刚刚落下的白子和星位的白子正好构成一线。

"仲卿，我不会下棋，你偏要拽着我下，这步棋，我看不懂啊！"李筠笑了笑。

"其实，对于棋手来说，这是一步很常见的棋。不过，如果是争夺天下，要下出这步棋，就不是那么容易了。"闾丘仲卿头也不抬，眼睛盯着自己刚刚落在棋盘上的那颗白棋子，用极其平淡的语气回应道。

"哦？毋急，且不说争夺天下。你还是先说说这步棋的玄机吧。"

"您看，主公，如果您接着对我星位的白棋打吃，我就长，你再打吃——"闾丘仲卿一边说，一边从棋子匣中取出黑子、白子一颗颗摆起来。

"你就再长！是吧？"李筠插嘴道。

"不错。主公不断打吃，我就不断再长，这在围棋中，就叫'扭羊头'。终于，当我长到近中盘时，我的星位白子，就会通过这些不断长出的白子，与方才我提前落在中元附近的棋子连上。主公的黑子，虽然费了力气，但终于无法征杀我的白子。中元附近的这颗白棋，就是我事先设下的'接应子'！"

"仲卿的意思，如果我于潞州起兵，就需要先下好'接应子'？"

"正是！"

"这么说来，这星位上的白棋，就好比是我潞州咯？"

"不！"

"怎么？"李筠一惊，悚然问道。

"我想说，这角落星位上的白子，就好比是淮南的李重进。"

"先生究竟是何意？"

"主公，我想说的是，赵贼一定会注意到淮南的重要性。淮南，就好比我大宋大地棋盘一角的星位。主公的潞州，就好比天元上方的星位。赵贼，就好比占了天元，而且，他很快会对角落上的星位形成包围。所以——"

"所以什么？那该如何是好？"李筠急切地问道。这一刻，他仿佛已经感受到了强大对手连环不断的围剿和压迫。他发觉自己的嘴里突然变得干涩，喉头也仿佛要燃烧起来。

"所以，主公需要事先安排好'接应子'。"

"我本以为淮南可以作为潞州的接应。"

"主公说得没错，在下也是这般想的。只是，赵贼一旦意识到淮南对我潞州起兵的重要性，李重进作为'接应子'的作用就削弱了。他于是就变成了星位上一颗吸引对手、牵制对手的棋子。要想扭转劣势，进一步反制对手，我们必须另寻'接应子'。"间丘仲卿依然不紧不慢地以淡淡的语气说道。

"那先生的意思是，淮南那边——"

"淮南那边当然还要继续争取，但是，主公还要想得更远。"

"你觉得我们有胜算吗？"

间丘仲卿听了，抬眼看了李筠一眼，目光如同闪电。

"主公，此言差矣！"

"嗯？"

"一流的棋手，一旦开局，就不会去纠缠于胜负，他会琢磨每一步棋，这就是对弈的精神。一流的棋手，要享受角逐的乐趣。主公有兴趣以大地为棋盘，以天下为棋局，当把交兵视为手谈，切勿瞻前顾后。在下自会全力助主公下好这盘大棋。"

"好！好！"李筠被自己谋士的一番话点燃了胸中豪气，大声喝赞了两声后，不禁哈哈大笑起来。

"除了淮南，我们一定要有'接应子'。"

"看先生从容的样子，似早已经想好了'接应子'？"

间丘仲卿用手指轻轻敲着方才自己在棋盘上面下定的那颗"接应子"，沉默不语。

良久，间丘仲卿说道："世事难料，人心叵测！在下本以为赵光义可以是咱们在大宋'天元'要害的一颗'接应子'，但是，目前看来，他没这么简单，他是绝不甘愿做主公的棋子的。所以，恕我直言，主公，您日后既不能放弃利用赵光义，又要小心被他利用。至于我潞州起兵反宋的'接应子'，我们还得另寻。"

"另寻？先生认为，在哪里寻呢？"

"这里！"间丘仲卿突然飞速拿起一颗白子，在天元一侧重重敲落。只听得"啪"的一声脆响，那颗陶瓷白棋竟然于落在棋盘的一瞬间，裂成了两半。

"这里是？"李筠惊问道。

"西京！"

"西京？"

"正是！"

这一刻，间丘仲卿抬起了头，目光如火炬般燃烧着。